ESSES LIVROS QUE SE LÊEM COM UMA SÓ MÃO

Leitura e leitores de livros pornográficos no século XVIII

JEAN MARIE GOULEMOT

ESSES LIVROS QUE SE LÊEM COM UMA SÓ MÃO

Leitura e leitores de livros pornográficos no século XVIII

Tradução de
Maria Aparecida Corrêa

discurso editorial
2000

Projeto editorial: Departamento de Filosofia da FFLCH-USP
Direção editorial: Milton Meira do Nascimento
Projeto gráfico e editoração: Guilherme Rodrigues Neto
Revisão: José Teixeira Neto
Ilustração da capa: Le midi, gravura de Ghendt em guache de P.A.Baudouin
Tiragem: 1.000 exemplares

Ficha catalográfica: Sonia Marisa Luchetti CRB/8-4664

G696 Goulemot, Jean-Marie
Esses livros que se lêem com uma só mão: leitura e leitores de livros pornográficos no século XVIII / Jean-Marie Goulemot; tradução de Maria Aparecida Corrêa. – São Paulo: Discurso Editorial, 2000.
174 p. – (Clássicos e Comentadores)
Tradução de: Ces livres qu'on ne lit que d'une main

ISBN 85-86590-19-3

1. Literatura Pornográfica 2. Erotismo 3. Pornografia I. Título. II. Corrêa, Maria Aparecida III. Série.

CDD (19.ed) 176.8
301.41
808.803538

discurso editorial

Av. Prof. Luciano Gualberto, 315 (sala 1033)
05508-900 – São Paulo – SP
Tel. 3818-3709 (ramal 232)
Tel./Fax: 814-5383
E-mail: discurso@org.usp.br

Clássicos & Comentadores

Apoio Cultural:

ÍTACA

MINISTÉRIO
DA CULTURA

SUMÁRIO

PREFÁCIO 9

PREFÁCIO À SEGUNDA EDIÇÃO 15

CAPÍTULO 1
COMO DIZER 21

CAPÍTULO 2
A IMPORTÂNCIA DO LIVRO ERÓTICO NO SÉCULO XVIII 31
DE VOLTA ATRÁS 31
COMÉRCIO E CONTROLE DO LIVRO ERÓTICO 35

CAPÍTULO 3
EFEITOS PARTICULARES DE LEITURA DO LIVRO ERÓTICO 55
A ENCENAÇÃO PELA IMAGEM: *LE MIDI* DE GHENDT (FIG. I) 55
A ENCENAÇÃO TEXTUAL:
TISSOT, BIENVILLE, RÉTIF DE LA BRETONNE E DIDEROT 58
O LEITOR COMO *VOYEUR* 66

CAPÍTULO 4
ABORDAGENS DE UM OBJETO CULTURAL E DE UM MEIO 75

CAPÍTULO 5
DOS PODERES DA IMAGINAÇÃO LITERÁRIA 87

CAPÍTULO 6
DO FALSO NA ESCRITA
OU OS LIMITES DO EFEITO PORNOGRÁFICO 99

CAPÍTULO 7
OS EFEITOS DE UMA LITERATURA FURTIVA
OU A ARTE DE MOSTRAR O QUE SE É 115
DA ARTE DE EXIBIR SEUS TÍTULOS 117
DAS MODULAÇÕES 126
OS EXERGOS 133
LOCAIS DE EDIÇÃO E EDITORES 135
OS FRONTISPÍCIOS 140

CAPÍTULO 8
COMO CHEGAR LÁ?
ALGUMAS ESTRATÉGIAS DA NARRATIVA ERÓTICA 149
PROBLEMAS DO ROMANCE NO SÉCULO XVIII 149
O "EU" ÉROTICO 154
O LEITOR POR VIOLAÇÃO 158
O QUADRO ERÓTICO 163
A ILUSTRAÇÃO ERÓTICA 167

SONHAR PARA CONCLUIR 171

PREFÁCIO

Neste breve ensaio, não procuramos fazer uma história da literatura erótica, digamos mesmo pornográfica, do século XVIII, mesmo reconhecendo de bom grado que sua importância, atestada nessa época, justificaria por si mesma um tal empreendimento, que, evidentemente, não poderia reduzir-se a uma lista mais ou menos exaustiva dos títulos e a uma análise complacente ou entusiasta das obras, mas deveria levar em conta suas condições de produção, de circulação e de venda, seu estatuto cultural e uma sociologia, ainda que fosse embrionária, dos autores[1].

Portanto, nem inferno[2] do século XVIII, nem lista de autores pouco ou muito recomendáveis, nem história dos embargos, nem mesmo inventário, aliás, logo monótono, dos temas e das seqüências narrativas próprias do gênero[3]. Ninguém ignora, por já ter sentido ou até experimentado, que a literatura pornográfica é enfadonha, feita de seqüências repetidas e de figuras *livres* obrigatórias. Aqui nosso propósito é de outra ordem: a partir de exemplos tirados da literatura mais fortemente erótica do século XVIII, este ensaio pretende ser uma reflexão sobre a leitura da narrativa pornográfica. Não tanto sobre suas motivações ou suas formas socialmente determinadas (por que se lê? onde se lê? como materialmente se lêem tais li-

---

1 Ainda que ela apresente muitos defeitos: ausência de definições precisas e de verdadeiras análises da escrita erótica em proveito de resumos sucessivos e sumários das obras consideradas e de uma fraseologia lírico-surrealista muitas vezes irritante, remetemos a Sarane Alexandrian, *Histoire de la littérature érotique*. Paris, Seghers, 1989.

2 Entenda-se por *inferno* o compartimento secreto das bibliotecas em que se depositavam os livros proibidos [N.T.].

3 Se bem que estes vários pontos sejam considerados no decorrer de nossa análise, mas de uma maneira fragmentária e, essencialmente, com a vontade de compreender o efeito de leitura erótica.

vros? Na ante-sala de uma casa de tolerância? Em uma alcova[4], em galante companhia? ou ainda no silêncio de um devaneio solitário e, no entanto, povoado?...), mas sobre a posição de leitura que sua própria escrita impõe.

Falar-se-á, pois, de *enunciação pornográfica* para tentar compreender o efeito que o livro pornográfico, admita-se ou não, quer produzir e muitas vezes produz. Sua leitura nasce de um desejo que não é o de ler, ainda que o fortaleça (mas por quais meios?), sem, de resto, poder satisfazê-lo. Um tal livro revela, com uma nitidez jamais alcançada em outro lugar, um efeito de leitura e essa intenção de produzir objetos imaginários, dando-se e agindo como verdadeiros, que a escrita de ficção traz consigo. Sem querer provocar demais, o romance pornográfico será analisado aqui enquanto romance propriamente, desnudado, revelado, numa palavra, em sua épura. Pois não consegue ele, melhor do que seus análogos em narração, mais honoráveis e de "primeira prateleira", que se tome a presa pela sombra e a palavra pela coisa? A quem duvide disso, contrapor-se-á o efeito físico que ele provoca[5], o tumulto fisiológico que ocasiona, as múltiplas interdições de que é objeto. A este respeito, ele é mais eficaz do que o romance sentimental, que, hoje, contrariamente à leitura feita pelos homens do século XVIII, quase já não faz mais chorar, e raramente é objeto de reedição.

Sabe-se, no entanto, que os leitores de *A nova Heloísa* verteram lágrimas ao lerem a morte de Julie[6] e que o fim trágico de Virginie, tragada pelas ondas do mar, fez soluçar os leitores de Berna-

---

4 *Boudoir*. Este termo não designa exatamente "quarto" ou "alcova", por ser luxuosamente decorado. Trata-se de preferência de um aposento ou gabinete reservado às mulheres para "*bouder*", isto é, exprimir descontentamento ou mau humor. No século XVIII, o termo designa "lugar erótico, porque nesse aposento as mulheres sedutoras recebiam os amigos íntimos" (cf. *Larousse Dictionnaire étymologique et historique de la langue française)* [N.T.].

5 Citaremos aqui, contra toda expectativa, o pregador Massillon (1663-1742), que nota no seu *Discours inédit sur le danger des mauvaises lectures*, publicado em 1817, para responder a esses que pretendem que a leitura de livros eróticos não é mais do que um jogo sem conseqüências: "Finalmente, se esta insensibilidade fosse tão verdadeira quanto vós a supondes, por que estes movimentos, estes combates, este tumulto interior, estas emoções que se manifestam exteriormente, que vosso rosto não pode ocultar, e que vós experimentais após a leitura dos livros lascivos", p. 11.

6 Sobre este ponto, ver Claude Labrosse, *Lire au XVIIIe, La nouvelle Héloïse et ses lecteurs*, Presses Universitaires de Lyon, 1985.

din de Saint-Pierre[7]. O fato de que os homens e as mulheres do século XVIII tivessem tido lágrimas fáceis (não foi este século que inventou o drama "lacrimoso"?) não explica, no entanto, nada. Que Diderot chore no retorno de seu amigo Grimm, ausente havia uma boa semana, prova uma facilidade lacrimal fora de moda[8] e nada mais. Entretanto, apesar disso, era necessário ter a ocasião de chorar. O século XVIII escolhia as suas. Os espectadores do *Casamento de Figaro* não se enterneciam até as lágrimas ao tomar conhecimento das infelicidades conjugais da virtuosa Condessa, esposa fiel e mesmo assim desamparada, ou dos infortúnios de Figaro abandonado pelos pais e educado rigidamente. Talvez até não chorassem, ao verem o casal desunido e os interesses dos filhos ameaçados pelo sinistro Bégearss no tristíssimo *Mère coupable (Mãe culpada)*. Gostava-se de chorar e sentia-se prazer em deixar escorrer suas lágrimas, mas era necessário que tais efusões fossem solicitadas por uma hábil encenação. Toda uma seqüência de hábitos sentimentais, toda uma teatralização do sentimento e, no livro, toda uma estratégia narrativa, uma maneira de narrar e de emocionar desempenhavam seu papel. Certos quadros eram bem-sucedidos, outros malogravam. No domínio do erotismo, por exemplo, a situação é paradoxal. A violência dos textos de Sade – os infortúnios de Justine, as agressões sofridas pela Senhora de Mistival em *La philosophie dans le boudoir (A filosofia na alcova)*, as torturas infligidas aos prisioneiros dos libertinos dos *Cento e vinte dias de Sodoma* –, por um estranho desvio, longe de querer provocar o patético, o enternecimento e as lágrimas, pretende, bem ao contrário, suscitar excitação e jubilação sexuais. Portanto, o espetáculo das lágrimas não faz necessariamente chorar. Nesse século, no entanto, reputado como virtuoso, a infelicidade do outro, seus sofrimentos e sua dor nem sempre convidam à compaixão: incitam, às vezes, ao mais desenfreado gozo.

DesSa maneira, seria demasiado simples, e singularmente falso, reduzir o século XVIII a uma sensibilidade à beira das lágrimas ou a uma sensualidade à flor da pele. Chora-se e deseja-se ao final de dispositivos narrativos e descritivos bem particulares. Logo, de um

7 Bernardin de Saint-Pierre, escritor francês (1737-1814), foi discípulo de J.-J. Rousseau e autor, entre outras obras, de *Paul et Virginie*, último volume de seus *Études de la nature* (1788), que o tornou célebre junto ao público [N.T.].

8 Anne Vincent-Buffault, *Histoire des larmes: XVI*ᵉ*-XVIII*ᵉ *siècles*. Marselha, Rivages, 1986.

lado, o *lacrimoso*, o sentimental e, de outro, o obsceno, a incitação erótica. Mas se Diderot chora, ao fazer morrer sua heroína Suzanne Simonin em *A religiosa*, se tal leitor do *Portier des chartreux (O porteiro dos cartuxos)*[9] ilustra, pela emoção sentida, a afirmação de Rousseau segundo a qual existem livros que só podem ser lidos com uma das mãos[10], sabemos também que os leitores de hoje não choram mais com a leitura dos infortúnios de Julie e de Saint-Preux. Há, ninguém o pode ignorar, uma história do "lacrimoso": o melodrama que fazia chorar nossas avós faz-nos, muitas vezes, rir às gargalhadas. Reconheçamos ao mesmo tempo que o *Porteiro dos cartuxos*[11] continua a enriquecer as coleções pornográficas, quase como se existisse uma trans-historicidade do obsceno. O efeito erótico sobrevive ao tempo e, neste domínio, parece ter pouca importância uma história de amor que oculte ou desvele, um pouco mais ou um pouco menos, segundo os lugares, os homens e as circunstâncias.

Sabe-se mesmo que muitos dos livros pornográficos contemporâneos são apenas a atualização apressada e muitas vezes inábil de textos mais antigos. Retomam-se os mesmos e recomeça-se, mudando os nomes, os cenários, a linguagem... Seguindo a mesma via de Étienne Souriau, que fez o repertório das 200.000 situações dramáticas[12], ficaríamos tentados a fazer o repertório do conjunto das situações eróticas. Não, evidentemente, sob o ângulo das possibilidades dos exercícios físicos dos corpos nus, dos entrelaçamentos amorosos mais ou menos complexos, mas sob o de sua encenação narrativa; logo, como fatos da escrita. Sem pensar, no entanto, em empreender uma semelhante tarefa, pode-se, porém, considerar como realizável um repertório relativamente limitado das situações narrativas pornográficas, de sua organização seqüencial, contendo virtualmente todos os dispositivos de todos os livros eróticos escritos e a serem escritos.

---

9 Religiosos pertencentes à ordem de São Bruno [N.T.].

10 Jean-Jacques Rousseau, *Les confessions*, Livre I.

11 Pascal Pia, *Les livres de l'enfer du XVIe siècle à nos jours*, 2 vols.; Paris, 1978, indica uma edição de 1924, uma em 1960, uma terceira em 1969 para *Histoire de dom B..., portier des chartreux*, e, para *Thérèse philosophe*, uma edição em 1910, uma outra em 1961.

12 Étienne Souriau, *Les 200.000 situations dramatiques*. Paris, PUF, 1950.

Por intermédio das narrativas das contadoras de histórias dos *Cento e vinte dias de Sodoma*, Sade propõe a exploração sistemática de todas as perversões sexuais. Como se pode supor, a narrativa se interrompe subitamente: o que imaginar, depois da morte dos parceiros? Como descrever o "para além" de um gozo que se pretende último? O manuscrito de Sade se encerra com uma lista de nomes de vítimas raivosamente riscadas como para provar a existência de um indizível. Volúpia, onde está tua vitória? Escrita, eis aí tua derrota!

Deve-se deduzir disso que a pornografia só pode ter uma história de suas aparências, em nossa civilização ocidental? Está aí uma hipótese admissível, mas que nos absteremos de confirmar totalmente. Aqui nosso objeto é a literatura e, mais particularmente, seu funcionamento naquilo que se convencionou chamar de processo de leitura. Assim, numa tal perspectiva, a pornografia não seria mais do que um caso-limite, apto a tornar compreensível a leitura dos textos de ficção.

Isso quer dizer que nossa análise terá como objeto, paradoxalmente, o próprio texto erótico, mais do que o leitor em carne e osso, na sua realidade de homem de seu tempo e em seus hábitos culturais, já que se postula que o livro pornográfico condiciona e mesmo determina as condições de sua leitura, a ponto de, como já se disse, fazer tomar o imaginário pelo verdadeiro, com todas as conseqüências físicas produzidas por uma tal confusão.

Logo, aqui estará em jogo um texto, isto é, uma escrita com suas técnicas de apelo – consultado às escondidas, antes de ser adquirido ou emprestado, freqüentemente com uma falsa desenvoltura, mas não sem ardor; interditado e perseguido, este texto deve designar-se o mais rapidamente possível, anunciar suas promessas, deixar emergir suas potencialidades, garantir seus efeitos –, um relato com suas formas narrativas, enfim o posicionamento do leitor, para que se produza o efeito erótico de sua leitura. A isso, acrescente-se toda uma estratégia de acompanhamento e de reduplicação que ele aciona pela ilustração, pela paginação e pela intertextualidade de evocação. Deveremos falar então do livro pornográfico como de um objeto material, cultural e literário cujo trabalho, no essencial, visa a coagir seu leitor em busca de desejo. O que não é uma tarefa de pouca importância. Desta, só oferecemos aqui, evidentemente, um modesto esboço, limitado no tempo – as obras às quais faremos referência pertencem quase todas ao século XVIII – e reduzido a alguns títulos que, temos a fraqueza razoável de crer, representam exemplarmente as estratégias empregadas por este livro comum e raro: o livro erótico.

PREFÁCIO À SEGUNDA EDIÇÃO

A primeira edição deste livro data de 1991. A pesquisa que precedeu sua redação durou muitos anos, mas foi conduzida de maneira descontínua, ao sabor do tempo livre, de leituras feitas ao acaso, como também das hipóteses de trabalho que ela deveria confirmar ou negar. A publicação deste estudo marcou sua conclusão. Desde então, realmente não procurei acrescentar-lhe fatos novos. As informações suplementares desta edição são o fruto de acasos felizes, de leituras fortuitas, e não de uma pesquisa organizada e metódica. No entanto, um livro publicado, portanto, lido, torna-se um espaço de trocas e, admitamos, por sua dinâmica própria, uma pesquisa em andamento. Ele suscita da parte dos leitores reações muitas vezes contraditórias. A crítica o julga, questões lhe são apresentadas e ficam trabalhando no espírito do autor, quer ele queira ou não.

A algumas questões, imediatamente decidimos não responder. Devo repetir que não era meu objetivo escrever uma história da literatura pornográfica, ainda que fosse a do século XVIII. Nem mesmo esboçar uma sociologia de seus leitores. Contudo, os documentos encontrados, e raras vezes explorados nesta perspectiva, fornecem algumas indicações: tudo permite supor que esses leitores pertencem ao mundo reduzido dos consumidores de livros, e podemos até nos perguntar se o universo dos usuários do livro filosófico ou científico, salvo poucas exceções, não é também o mesmo dos *amadores* de livros obscenos. Seria errôneo imaginar, nessa época em que o livro é ainda raro e os leitores pouco numerosos, que possa existir uma categoria de amadores altamente especializados que consagrem sua leitura apenas aos *curiosa*. Na ótica do historiador do livro, ler as obras pornográficas é então um ato cultural da mesma ordem que a leitura de obras científicas ou filosóficas. Senão, que valor atribuir à expressão "segunda prateleira", que sublinha que o obsceno se dissimula atrás dos alinhamentos do reconhecido e do lícito?

Os livros pornográficos são, pois, lidos, conhecidos, procurados; e, cada qual à sua maneira, Montesquieu, Diderot, Voltaire e

Rousseau fornecem a prova disso, mas sua leitura é do domínio do sigilo e não se confessa facilmente a sua posse ou mesmo sua simples leitura. Já é difícil trazer consigo o livro pornográfico, e é raro que seja exibido. Os catálogos das bibliotecas conhecidas o ignoram ainda mais do que o livro sedicioso ou o texto abertamente marginal. Pode-se, por essa razão, deduzir – o que seria errôneo – que é ignorado? O próprio Sade, que, como se sabe, sofreu cruelmente com sua abstinência forçada quando de sua interminável detenção em Vincennes, pede à marquesa, sua mulher, mais livros de filosofia ou de erudição do que aqueles apropriados à satisfação de sua necessidade de sonhar e de imaginar os corpos. Se excetuamos o próprio romance obsceno que, de bom grado, o põe em cena ou as práticas das casas de prostituição, o livro pornográfico se compraz na sombra e no segredo. É preciso uma crise excepcional para que seja mencionado abertamente. Assim, para tentar evitar ao jovem Etallonde, companheiro de impiedade do cavaleiro de La Barre, uma acusação que o condenaria ao suplício, Voltaire reconhece publicamente que esses jovens leram *Le portier des chartreux (O porteiro dos cartuxos), L'ode à Priape (Ode a Priapo), Thérèse philosophe (Teresa filósofa), La tourière des carmélites (A rodeira das carmelitas).* Que não se deduza desse fato uma tolerância, uma aceitação tácita, mesmo se Voltaire insinua que essa leitura é uma tolice de jovens que se excitam, trata-se de escolher, entre dois males, o menor. Por mais repressiva que fosse a época, ela não condenava os leitores de livros obscenos à fogueira. Os sacrílegos, isto o infeliz cavaleiro de La Barre vai aprender escandalosamente à sua própria custa, estes sim eram condenados.

No entanto, seria um engano crer num reconhecimento oficial do pornográfico. A circulação mais intensa do livro não atesta um maior liberalismo, mas uma demanda mais vigorosa, uma produção mais maciça. A presença do obsceno nos panfletos de um Théveneau de Morande[1] e as resenhas, cada vez mais numerosas, que a *Correspondance littéraire (Correspondência literária)* ou as *Mémoires secrets (Memórias secretas)* de Bachaumont consagram aos escritos pornográficos[2] não provam, pensando bem, senão isso. A indignação virtuo-

1 Robiquet, Paul. *Théveneau de Morande, étude sur le XVIIIe siècle*. Paris, 1882, e Darnton, Robert. *Bohème littéraire et révolution: le monde des livres au XVIIe siècle*. Paris, Le Seuil, Gallimard, 1983.

2 Ver nosso quarto capítulo.

sa de um Mercier acerca do comércio parisiense de livros e gravuras obscenas nas galerias do Palais-Royal, o prurido reformista de um Rétif de la Bretonne para regulamentar a prostituição[3], cedendo ao mesmo tempo aos encantos do pornográfico em *L'anti-Justine (Anti-Justina)*, não significam de modo algum um laxismo mais acentuado da instituição política ou religiosa. Na realidade, o livro pornográfico continua submetido à censura e destinado ao comércio clandestino, mas ele se desenvolveu como o restante da massa impressa e contaminou outros gêneros, como o panfleto e o libelo. Isso, porém, não constitui prova de sua aceitação.

Portanto, não se encontrará aqui uma sociologia, mesmo aproximativa, dos leitores de romances pornográficos. Meu objeto de trabalho é essencial e primordialmente o livro e a leitura que este impõe. É um pouco como se nos propuséssemos a analisar a literatura militante, esquecendo os militantes, pelo fato de eles já estarem presentes nela, que os constrói e os modela. O militante cético, tomado pela dúvida, distanciando-se dessa literatura, deixa de ser militante. Dá-se o mesmo fenômeno com o leitor de obras pornográficas, que se faz de franco-atirador e procede a um desvio do livro que lê. Este livro, tentei analisá-lo, a princípio, materialmente. O comércio específico do livro pornográfico me incitava a crer numa apreensão rápida, mesmo furtiva, de seus dados imediatos, pelos quais ele se mostra tal como é. Nessa perspectiva, fiz questão de tomar em consideração páginas de título e ilustrações concebidas como outros tantos sinais. Não se vai folhear o livro pornográfico como se faria com um romance comum, e o livreiro que o oferece não faz sua propaganda como se fosse um livro comos os outros.

Os poucos elementos que possuímos, os fatos contraditórios que eles revelam, podem nos permitir encontrar, por detrás das difamações aparentes e das recusas virtuosas, o verdadeiro estatuto cultural do livro pornográfico. Pois, não duvidemos, tal estatuto existe. E não apenas entre os devassos e os libertinos. Através de textos muitas vezes pouco conhecidos, procurei reconstituí-lo. Nisso reside o essencial do capítulo suplementar desta nova edição. Não é espantoso que lhe falte uma certa coerência. Poderia ser de outro modo quando se trata de um livro como esse, estranho, paradoxal, freqüentado e denegrido?

---

3 Sobre a prostituição, ver o livro fundamental de Erika Marie Benabou, *La prostitution et la police des mœurs au XVIIIe siècle*. Paris, Perrin, 1987.

Não reconsideraremos a definição do livro pornográfico. Talvez devesse dizer obsceno. E por que não? Ainda que o gênero não seja considerado de boa companhia, finalmente, prefere-se o termo pornográfico. As recentes diferenciações estabelecidas pela crítica não nos parecem convincentes[4]. Ainda que fossem pertinentes, em nada facilitariam a análise desse gênero bastante excepcional, por suas visadas, na prática literária. Logo, continuaremos a defini-lo pelos efeitos aos quais tende, pela finalidade que busca atingir, pela demanda que satisfaz. Tudo parece provar que o livro pornográfico não é lido apenas por libertinos, unicamente por pessoas grosseiras e incultas; como já o disse, ele faz parte, de um modo que lhe é próprio, da cultura das pessoas de bem. Provas desse fato, os filósofos já citados e os elementos de informação aqui propostos acerca de seus autores.

Este estudo foi criticado pelo fato de ter dado muito pouca importância ao caráter subversivo do consumo da pornografia no século XVIII. Como o livro pornográfico recusa as proibições morais, civis e religiosas, certos críticos interpretam sua leitura como um ato subversivo. Este não é meu ponto de vista. Ou, pelo menos, eu gostaria de nuançá-lo. A circulação do livro pornográfico, reduzida, no essencial, aos meios intelectuais e científicos, às classes economicamente dominantes, aos círculos ligados à prostituição, prova que se deve limitar seu impacto social. Sua leitura, como sua escrita, sem, por esta razão, negar a sua seriedade de enunciação, é da ordem do lúdico, da farsa, e nunca tende realmente à subversão. Como objeção, dar-se-á como exemplo *Teresa filósofa*, ou tal passagem do *Rideau levé ou de l'éducation de Laure (O levantar da cortina ou sobre a educação de Laura)*. Mas ser-me-á concedido que, nestes, a subversão provém mais dos discursos filosóficos do que das descrições eróticas. Quanto ao escândalo do padre Girard e da senhorita Cadière, este já havia conhecido as glórias do livro. Consciência de transgredir. Sem nenhuma dúvida, mas sem atribuir a isso uma real importância e sem ter consciência de pôr em perigo a monarquia e a Igreja. Seria um erro confundir os temores da instituição religiosa ou política com as motivações do leitor de livros pornográficos. A pornografia só poderia ser percebida como subversiva por efeito indireto da filosofia que lhe *conferia* um outro ponto de vista. É pelas Luzes que esta

4 Ver a introdução de Sarane Alexandrian, *L'érotisme au XIXe siècle: œuvres choisies et présentées par Sarane Alexandrian*. Paris, Lattès, 1993.

poderia aparecer como que encenando os direitos da Natureza maltratados pelas convenções e proibições – mas era lida com tal finalidade? Quando a pornografia invade a política, é um outro procedimento que se instaura.

Algumas vezes, julgou-se que a tese defendida (a literatura pornográfica revela as ambições, confessadas ou não, de toda ficção literária) era exagerada. Quanto a isso, estou de acordo. O exagero, o próprio excesso, a provocação fazem parte de sua retórica. Mas não deixa de ser menos verdadeiro que ela tinha o mérito de reintroduzir na história do livro um ausente paradoxal: o próprio livro enquanto fabricante das condições de sua leitura e constituinte desse leitor virtual, aqui fundamental. Pois é justamente o testemunho da experiência de leitura que mais faz falta aos historiadores do livro. O leitor sociológico está pouco presente no arquivo que consulta, e lhe é necessário freqüentemente contentar-se com leitores institucionais como os críticos, os teóricos ou mesmo os censores. Ou se restringir aos leitores ficcionais postos em cena pelo próprio livro: Dom Quixote, "o amigo leitor" que interpela o autor em *Jacques, o fatalista*, Javotte no *Roman bourgeois (Romance burguês)*, Madame Bovary... Há poucas possibilidades de se descobrir algum dia, confiado ao segredo de um diário, o testemunho de um leitor de livros pornográficos. E, de resto, teria esse testemunho as qualidades de uma análise que leve em conta o processo de leitura? Então, tiremos proveito desse livro marginal, mas fortemente constrangedor, para compreender um pouco melhor o que significa a leitura e a que tende a ficção em nossa cultura.

O presente estudo consagra-se, tanto em sua primeira edição quanto nesta, revista, consideravelmente corrigida e aumentada, a essa compreensão[5].

Janeiro, 1994

5 Assinalamos um livro recente sobre a pornografia: *The invention of pornography, obscenity and the origins of modernity (1500-1800)*. Edited by Lynn Hunt. Nova York, Zone Books, 1993.

poderia parecer [illegible] que recenando os diferentes da Natureza [illegible] tratado [illegible] e problemas [illegible] com tal finalidade [illegible] a política de um modo de procedimento [illegible].

[illegible] que [illegible] que é considerada [illegible] por[illegible] [illegible], contestadas ou não, ou de ficção li[illegible] [illegible] de estudo [illegible], o [illegible] parte de sua retórica. Mas não [illegible] que em torno o mérito de reconstituir na história [illegible] ainda que paradoxal, o próprio livro enquanto [illegible] de cada leitura e constituinte desse leitor [illegible]. Essa é justamente o testemunho da experiência de [illegible] aos mal-entendidos do livro. O leitor [illegible] que consultar [illegible] diferentes [illegible] instituições como [illegible] que [illegible] ao livro. Dom Quixote, o amigo leitor, [illegible] o leitor em [illegible] [illegible] no Romance [illegible] [illegible] pouca possibilidade [illegible] de um diário, [illegible] leitor de livros portugueses. E, de resto, [illegible] que vivem com o [illegible] [illegible] livro, tornamos [illegible] mais [illegible] para [illegible] muito melhor o que [illegible] a distância [illegible] nós a eles.

[illegible] um [illegible] quanto [illegible] entre [illegible] essa [illegible].

[illegible] Janeiro, 199[illegible]

[illegible]

CAPÍTULO 1

COMO DIZER

Convém começar tratando de definições, de termos empregados ontem e hoje, de diferenças, de evoluções, de desaparecimentos, de transformações de um léxico. Esta é uma tarefa elementar, sem dúvida menos simples do que parece aqui. Pois o vocabulário do amor está, por definição, em perpétua expansão[1]. Cada casal inventa, por desvio de sentido, transferência específica ou inovação lingüística, o léxico de seu corpo e de seus gestos amorosos. O "*faire cattleya*"[2] de *Em busca do tempo perdido* é apenas um exemplo de uma prática comum e, no entanto, profundamente privada. Lembremos também que, nos textos maliciosos e em boa parte das piadas indecorosas, como se dizia no período entre as duas guerras, ou em certas brincadeiras de adolescentes, toda palavra pode erotizar-se a tal ponto que nada permanece inocente ou neutro. Uma vontade sistemática consegue desestabilizar sem dificuldade o aparente rigor do vocabulário e a fria neutralidade de alguns de seus léxicos. Talvez mesmo o sentido profundo do desbragamento seja essa aptidão para subentender, jogar com as ambigüidades, inventar, sem rima nem razão, polissemias amorosas. Certos textos usam e abusam disso: célebres, como *As jóias indiscretas* de Diderot, ou menos conhecidos, como

1 Guiraud, Pierre. *Dictionnaire historique, stylistique, étymologique de la littérature érotique, précédé d'une introduction sur les structures étymologiques du vocabulaire érotique.* Paris, 1978. A Payot acaba de reeditar esse livro notável sob todos os aspectos.

2 Cf. Proust. "Fazer catléia", expressão que equivale a fazer amor. Catléia é a espécie de orquídea que Odette de Crécy traz no seu decote, na célebre cena do livro *No caminho de Swann* [N.T.].

L'araignée (A aranha) de Sylvain Maréchal, publicado nos *Contes saugrenus*[3] *(Contos picantes)*. Trata-se menos do emprego de palavras com duplo sentido do que de atribuir a toda palavra, ou a quase todas, um outro sentido, erótico dessa vez, segundo um procedimento de contaminação, uma vez tomada a decisão de ser salaz. Não se falará, porém, de investimento paranóico da linguagem, à maneira da interpretação obsessiva do *Angélus* de Millet[4] de Salvador Dalí. Um tal diagnóstico seria demasiado brutal. Aqui se trata apenas de lembrar o erotismo, sempre possível e muitas vezes real, de um vocabulário que, em si mesmo, não faz parte da linguagem do amor.

Neste capítulo, nosso propósito é nos dedicarmos ao vocabulário público que, no século XVIII, serve para designar textos e imagens que nós chamaríamos pornográficos, obscenos ou grosseiros, para usar de anacronismo e prestar homenagem, bem póstuma, aos vendedores ambulantes de cartões-postais sugestivos e de ingressos para filmes proibidos que, durante a minha adolescência, perambulavam, com a voz baixa e o gesto discreto, pelas calçadas do Boulevard de Clichy em busca do turista, apreciador da alegre Paris, ou do colegial atormentado por sonhos amorosos.

O termo "pornográfico" não é empregado durante a época clássica. Em 1769, Rétif de la Bretonne publica *Le pornographe*[5] *(O pornógrafo)*, mas trata-se de um tratado que visa a regulamentar a prostituição para torná-la uma prática social racionalizada pelas Luzes. O discurso reformista, como a história nos ensinou, não sem crueldade, é alheio aos ditos licenciosos. Fundamentalmente sério, douto mesmo, sempre moralizador, ele evita o equívoco e tudo o que poria em perigo a imagem responsável, como se diz, que este quer passar de si mesmo. A pulsão regulamentarista, tão própria ao militantismo do fim das Luzes, nunca se perde, qualquer que seja seu objeto, nas vias incertas dos subentendidos amorosos. Lembremos, para acabar de uma vez por todas com o que se refere a este termo, que pornógrafo vem do grego *pornê*, que significa "prostituta", que em seu primeiro sentido o pornógrafo é o autor de um tratado sobre a prostituição antes de ser um autor de escritos obscenos e que a pornografia

---

3 Maréchal, Sylvain. *Contes saugrenus*. Paris, Bibliothèque des Curieux, 1927.

4 Dalí, Salvador. *Le mythe tragique de l'Angélus de Millet (interprétation paranoïaque)*. Paris, Pauvert, 1978, 2ª ed.

5 Bretonne, Rétif de la. *Le pornographe ou idées d'un honnête homme*. Prefácio de Béatrice Didier. Paris, 1977.

tem por objeto a prostituição em seu aspecto social antes de ser a "representação (por meio de escritos, desenhos, pinturas e fotos) de coisas obscenas destinadas a serem comunicadas ao público" (*Dicionário* Robert). Ao contrário, ainda que não apareça em nenhuma das edições dos dicionários da Academia, de Furetière ou de Richelet, o termo "erótico" é empregado amplamente durante a época clássica. A *Enciclopédia* de Diderot e de D'Alembert definiu erótico como qualificação da ode anacreôntica (isto é, à maneira do poeta Anacreonte) "cuja matéria é formada pelo amor e pela galanteria". Ela sublinha sua filiação à patologia médica: "Tudo o que se relaciona com o amor dos sexos; emprega-se particularmente para caracterizar o delírio provocado pelo desregramento, o excesso de apetite corporal relacionado a isso, que faz com que se considere o objeto desta paixão como o soberano bem, e se deseje ardentemente se unir a ele; é uma espécie de afecção melancólica, uma verdadeira doença". Mas, não nos enganemos quanto a isso, o amor erótico, segundo os dicionários (a palavra erotismo não é até então empregada), não pode ser confundido com o furor uterino ou o satiríase, "porque dá lugar ao pudor e aos sentimentos". Lendo os textos do século XVIII, tem-se a impressão de que, fora do contexto médico, compreende-se por erótico tudo o que diz respeito às coisas do amor, o que dá à palavra uma extensão maior e uma extrema imprecisão.

No entanto, ao mesmo tempo, designam-se textos e imagens, que visam exclusivamente a produzir uma excitação sexual, por meio de termos hoje bem envelhecidos: licencioso, obsceno, este último ainda em uso, mas utilizado às vezes para objetos ou comportamentos que não são *stricto sensu* do domínio do sexual, lascivo e, enfim, lúbrico. Termos que formam um conjunto, mas não remetem a uma mesma perspectiva. Licencioso e obsceno implicam, essencialmente, um julgamento moral. A *Enciclopédia* salienta que obsceno "diz-se de tudo o que é contrário ao pudor. Um discurso obsceno, uma pintura obscena, um livro obsceno". E, a título de exemplos, a *Enciclopédia* propõe: "A obscenidade na conversação é o recurso dos ignorantes, dos estúpidos e dos libertinos. Há espíritos mal-formados que vêem obscenidade em tudo". O *Dicionário* de Furetière indica a propósito de licencioso: "Aquele que toma excessiva liberdade e licença. Este jovem é licencioso em palavras, diz coisas muito atrevidas, sujas ou ímpias, bastante licenciosas. Ele leva uma vida libertina e licenciosa". Vê-se, pois, que licencioso faz alusão tanto à libertinagem de espírito quanto à de costumes e retoma por esta via a confusão sobre a qual repousa a denúncia dos libertinos. Quanto ao termo lascivo, este insiste mais sobre os efeitos produzidos. "Que se consagra ou que leva à luxúria, à incontinência. Proíbem-se os quadros lascivos, as posturas lascivas, os livros lascivos, as palavras lascivas, e tudo o que incita às ações e aos pensamentos indecentes. Os bodes[6] são fétidos e lascivos." Se o ponto de vista é religioso, empregar-se-á concupiscência: "Cobiça, paixão desmedida de possuir alguma coisa. É proibido, pelo décimo mandamento da lei de Deus, sentir concupiscência pelo bem de seu próximo. (...) Diz-se mais particularmente das paixões que tendem ao amor indecente, que São Paulo denomina concupiscência dos *olhos*, da *carne*". Acrescentemos a esta lista, para torná-la mais completa, devasso, livre, galante, mas também lúbrico, que se opõe a pudico e corresponde, como a causa ao efeito, a obsceno. Só muda o ponto de vista. Ou observa-se o objeto que provoca: este é então, ora obsceno, ora lúbrico. Ou examinam-se os efeitos que ele produz no seu espectador: que, neste caso, é lascivo. Leremos na *Enciclopédia* que lubricidade é "um termo que designa uma propensão excessiva do homem pelas mulheres, das mulheres pelos homens, quando se mostra exteriormente por ações contrárias à decência (...) Ela prenuncia um temperamento violento: promete no gozo muito prazer e pouco comedimento (...); a impudência [seria] um vício adquirido e a lubricidade um defeito natural". Mantenhamos, no entanto, que, sem entrar no detalhe do ponto de vista ou das categorias utilizadas, o século XVIII emprega o mais freqüentemente possível obsceno. Criticar-se-á Pierre Bayle por ter relatado fatos obscenos (como a castração de Abelardo, o processo e seus estranhos rituais para julgar a impotência de um dos cônjuges (...) no seu *Dictionnaire historique et critique (Dicionário histórico e crítico)*. Este não cessou de se defender disso, ao acaso, nos verbetes, chegando ao ponto de acrescentar na última edição um esclarecimento: "Se há obscenidades neste livro, estas são do tipo que não se pode censurar com razão". Teremos ocasião de voltar a esta apaixonante defesa. Ela prova a extraordinária extensão do termo obsceno durante a época clássica, e que, se este se vincula essencialmente ao sexual, pode conduzir a que se aspire a uma censura ilimitada e infundada do vocabulário usual. Segundo Pierre Bayle, certos censores teriam queri-

---

6 O termo "bode" é carregado de sentido negativo. Na religião hebraica, o bode é emissário *(bouc émissaire)*, encarna os pecados de Israel. Designa também o sátiro [N.T.].

do que se abandonasse a palavra *confiture* e se preferisse *fiture*[7] para evitar a pronúncia de uma obscenidade. Não havia um só domínio do livro impresso que escapasse a esta suposta contaminação pelo obsceno: a narrativa histórica, assim como o romance, a poesia, o teatro, ou a mais severa erudição. Não se assiste apenas, como assinala Pierre Bayle, a um processo da gramática, mas a uma ameaça de censura que, em nome do bom gosto, da estética e da moralidade, propunha-se a dirigir todas as formas da vida do espírito[8].

Dessa lista léxica estabelecida a partir dos dicionários mais utilizados do século XVIII, duas coisas podem ser retidas, além desse uso majoritário e ilimitado do termo obsceno. Primeiramente, a relativa multiplicidade de pontos de vista empregados para perceber e valorizar (favorável ou pejorativamente) a excitação sexual; em seguida, o lugar reservado ao outro nessas definições, parceiro seduzido e cativo. Não é em vão que São Paulo, segundo o *Dictionnaire universel (Dicionário universal)* de Furetière, fala da concupiscência dos olhos e da carne. O obsceno, o lascivo traduzem a consciência de uma teatralização da sedução. Presença e encenação do corpo sexuado, mas também do olhar que percebe, escruta e se perturba. A literatura já está presente aí.

Falta explorar o discurso dos homens da arte e, particularmente, daqueles cuja profissão é reconhecer e denunciar o livro perigoso para os bons costumes: homens da lei e homens da Igreja, magistrados e padres. Reservaremos um lugar todo especial às *Mémoires sur la librairie et sur la liberté de la presse (Memórias sobre o livro e a liberdade de imprensa)*, compostas por Lamoignon de Malesherbes em 1759 e publicadas em 1814[9]. Malesherbes classifica em quatro categorias os livros que "podem ser realmente repreensíveis". "Uns", observa ele, "interessam aos particulares; outros, ao governo; outros, aos costumes; e outros, à religião." Daí quatro rubricas: sátiras pessoais, li-

7 O termo *confiture* é o partícipio passado popular do verbo *confire* (preparar) no século XVIII. Passou a designar a conserva doce (geléia ou compota) ou salgada *(confit de canard*, p. ex.). No século XVIII, a censura se ataca ao prefixo "*con*", que, como termo isolado, designa o órgão sexual feminino. Hoje, "idiota", "imbecil", etc. [N.T.].

8 Encontrar-se-á uma análise mais precisa do estatuto da obscenidade no *Dictionnaire historique et critique* de Pierre Bayle em nosso Capítulo 4.

9 Malesherbes, Lamoignon de. *Mémoires sur la librairie et la liberté de la presse.* Paris, Pillet, 1809.

vros contra o governo, livros contra os bons costumes e, enfim, livros anti-religiosos ou ateus. É a terceira rubrica que nos interessa aqui. Malesherbes distingue o livro licencioso do livro obsceno. "O que se denomina comumente obras contrárias aos bons costumes são as obscenas ou somente licenciosas. A obscenidade deve ser proibida: todas as leis concorrem para isso, todo o mundo pensa da mesma maneira, e as regras a serem prescritas aos censores podem ser facilmente cumpridas." A diferença entre o licencioso e o obsceno é, segundo Malesherbes, apenas de grau: é ela que comanda a política de repressão do poder. "Para os livros apenas licenciosos, como os *Contos* de La Fontaine, *Les épigrammes (Epigramas)* de Rousseau... seria certamente preferível, se fosse possível, suprimi-los; mas qual será, a este respeito, a regra certa...? Algumas pessoas de bem que julgo muito rigorosas chegariam mesmo a proibir tudo o que acreditassem ser excessivamente próprio a inspirar ternura. Eu não creio que algum homem de Estado adote esta severidade..."[10] E prossegue insinuando que, sendo difícil o controle de uma tal produção, o livro licencioso não sendo em si mesmo perigoso, a aplicação de uma legislação restritiva parece quase impossível; deve-se optar pela tolerância. Outro tom para o obsceno: "A obscenidade pode ser, senão totalmente proibida, pelo menos muito importunada, porque é possível estipular penas bem graves, mas a doçura dos costumes não permite pronunciá-las contra obras livres ou licenciosas..."

Essas distinções e medidas propostas por Malesherbes mostram que, para o homem de Estado em busca de eficácia, as sutilezas do léxico não são convenientes. O ponto de vista adotado: a possibilidade de impor ou não a medida tomada, a nocividade social mais ou menos real das obras procuradas, permite uma redução de um campo léxico, bem mais extenso nos dicionários, a duas grandes categorias que refletem uma hierarquia do tolerável e também um imaginário dos perigos da leitura.

Sabe-se que a Igreja não deixou de perseguir, durante todo esse século, por meio de repetidos mandamentos, de condenações, de cartas pastorais e de advertências públicas, aqueles que se convcio chamar "maus livros". Se algumas acusações ficaram célebres – contra *Do espírito*, de Helvétius, o *Emílio* por Christophe de Beaumont, arcebispo de Paris, o *Dicionário filosófico*, de Voltaire, ou ain-

10 *Op. cit.*, Troisième mémoire sur la Librairie, "Sur les livres qu'on doit permettre de tolérer", p. 89-90.

da o *Sistema da natureza*, de d'Holbach[11] –, estas representam, sob muitos aspectos, a árvore que esconde a floresta e faz esquecer a amplitude do combate contra os livros, anti-religiosos ou simplesmente imorais, através da copiosa rubrica dos "efeitos da incredulidade de fé religiosa". O combate da Igreja não pode ser reduzido ao afrontamento com as Luzes. Há muito mais coisas em jogo. A Igreja pretende ser não só a guardiã da ortodoxia, mas também dos costumes e considera igualmente como livros perigosos e suspeitos todos aqueles "capazes de alterar a pureza da fé ou favorecer a corrupção dos costumes" (*Instruction pastorale de Monseigneur l'Illustrissime et Révérendissime évêque d'Arras et Avertissement du clergé de France sur les funestes effets de l'incrédulité, Instrução pastoral de Monsenhor o Ilustríssimo e Reverendíssimo bispo de Arras e Advertência do clero da França sobre todos os funestos efeitos da incredulidade*, Arras, 1770). Serão postos no mesmo plano os "livros ímpios e licenciosos", que, segundo Monsenhor, o bispo de Châlons (*Lettre pastorale contre la lecture de mauvais livres, Carta pastoral contra a leitura dos maus livros*, 1769), "da capital, invadem completamente as províncias e ali destroem a religião e os costumes". Com freqüência, são atacados quase que exclusivamente os livros licenciosos "que deleitam a imaginação de uma juventude corrompida, e que, graças à volúpia, insinuam a impureza". Associa-se no mesmo movimento reprovador "o Ateu..., o Materialista..., o Epicurista..., o Libertino..." (*Avertissement du clergé de France, Advertência do clero da França*, 1770) e mostra-se como a filosofia materialista tira o maior proveito da apologia dos prazeres ilegítimos da carne. Impiedade e impudor dizem respeito ao mesmo combate. "Oh! Como a corrupção dos costumes é uma violenta tentação contra a fé!" Um efeito corruptor une filosofia das Luzes e literatura pornográfica, uma mesma arma serve a seus fins: a sedução. A sedução dos sentidos pela ilusão da escritura do pornográfico junta-se à sedução pela escritura que a filosofia instaura com uma arte

---

11 Martin, Henri & Chartier, Roger. *Histoire de l'édition française*. T. 2: "Le livre triomphant". Paris, 1984. Ver, particularmente, I, 2, "La censure" e "La police du livre" de Daniel Roche; I, 3, "Les livres contrefaits lus et interdits" de Anne Sauvy, e II, 2, "Commerce d'assortiment et livres interdits, Genève" de Bernard Lescaze, "Le livre prohibé aux frontières: Bouillon" de Raymond Brin e "Le livre prohibé aus frontières: Neuchâtel" de Robert Darnton.

consumada. Logo, convém se precaver igualmente contra uma e outra. Aí está em jogo a salvação do cristão.

Isso mostra o quanto é extensível a definição clerical do romance erótico. E isso resulta da perspectiva dos mandamentos e das condenações episcopais. Aí o problema não é tanto os meios empregados para seduzir (como o diabo seduz) quanto o fim a atingir: a corrupção das almas e a danação eterna. Isso não impede que, por ocasião de um anátema, os efeitos de leitura do livro licencioso sejam evocados em uma análise muito bem-sucedida. "Uma juventude imprudente se entrega com ardor a essas leituras sedutoras, e nelas encontra logo o risco para sua fé e sua virtude, logo aprende a sacudir o jugo de uma Religião cuja moral austera importuna o coração que, nesta idade, é tão fortemente agitado pelas paixões."

Não é inútil lembrar aqui a posição mais precisa de Massillon, pregador célebre do fim do reinado de Luís XIV e do início da Regência, acadêmico, bispo de Clermont, admirado por Voltaire pela elegância de seu estilo, e que não tinha a preocupação, muitas vezes presente em outros homens da Igreja, com a ameaça social e política que a leitura de maus livros agravaria. No *Discours inédit sur le danger de mauvaises lectures (Discurso inédito sobre o perigo das más leituras)*, publicado em 1817, e que Massillon provavelmente redigiu em seu retiro de Clermont, ele distingue os livros frívolos e os lascivos, sem se preocupar com os livros política ou religiosamente perigosos. "Eu distingo", escreve ele, "dois tipos de livros perigosos: os livros frívolos e os lascivos; uns dissipam o espírito, enfraquecem em nós a vida da graça, e nos predispõem ao esquecimento de Deus; os outros corrompem o coração e conduzem o homem à incredulidade" (p. 1). Os livros frívolos que parecem neutros e não representam perigo moral ou espiritual algum não são, no entanto, inocentes. "Estas obras que", observa Massillon, "sem atacar os costumes ou a religião, sem prejudicar as máximas do Evangelho e da moral de Jesus Cristo, contêm apenas futilidades, bagatelas insensatas, indignas de ocupar por um só momento os lazeres de um Cristão" (p. 2). A leitura dos livros frívolos é um tempo roubado ao recolhimento, à oração e talvez à prática da caridade: "Enquanto vosso espírito estava absorvido pela leitura desses livros inúteis, pobres batiam a vossa porta, e vos imploravam em nome de Deus um pedaço de pão para apaziguar a fome, e vós lhos havíeis recusado" (p. 3). A posição de Massillon é próxima da de Pascal: o livro fútil incita ao pecado porque é da ordem do divertimento, que afasta da meditacão e do autodomínio. "Em vez de consumir dias e noites inteiros em entretenimentos pueris, por que não os consagrar a domar vossos desejos, a mortificar vossos sentidos, a sacrificar vossa carne a fim de impedi-la de se revoltar." Uma tal posição é obviamente anticultural, em nome de uma urgência da salvação. Nocivo por desviar do essencial, o livro fútil, no entanto, não é diretamente perigoso por seus conteúdos, diferentemente do livro lascivo, cujo efeito perverso é imediato. "É aí que o crime passa por fraqueza, a lei das núpcias por um vão escrúpulo, o pudor por preconceito; é aí que a mulher cristã aprende a enganar os olhos do esposo, a violar a santidade do leito nupcial; o esposo rompe, como correntes insuportáveis, os castos laços do casamento que os próprios pagãos respeitavam" (p. 8). A nuance é capaz de fazer passar da falta por abandono e negligência ao pecado voluntário. Desta maneira, reconhece-se que o lascivo, como foi dito, detém o poder não apenas de fascinar, mas de fazer agir. Entre os livros fúteis e os lascivos há a diferença entre o o passivo e o ativo.

No final dessa análise, compreender-se-á que as palavras que designam o romance licencioso constituem um conjunto relativamente coerente e bastante homogêneo. Tudo depende do ponto de vista adotado e da instituição que o enuncia. Malesherbes não adota as normas dos bispos que redigem os mandamentos. A defesa dos costumes não pode confundir-se com a da fé, apesar das intenções que, por vezes, a Igreja tem. Os registros carcerários da Bastilha levam o laconismo administrativo a seu cúmulo: pode-se estar em prisão por ter publicado ou vendido clandestinamente livros interditados, proibidos ou contrários à religião e aos bons costumes. Nada é dito, e, no entanto, tudo pode ser compreendido.

No presente ensaio, empregamos como sinônimos as palavras pornográfico, licencioso e erótico. Sinonímia chocante em relação às distinções semânticas e as valorizações sociais, filosóficas e morais contemporâneas, mas da qual se compreenderá que permite certas facilidades de escrita e remete à realidade da língua do século XVIII. Contudo, é verdade que consagraremos nossas análises essencialmente ao romance pornográfico ou obsceno do século XVIII. Pois temos de reconhecer que muitas distinções, habituais em nossa época ou em certos autores, não têm pertinência alguma, como, por exemplo, o erotismo e a pornografia tal qual os define Sarane Alexandrian[12] em um livro recente. Admitamos finalmente que palavras extrema-

12 Sarane Alexandrian, *op. cit.*; ver nota 5 do Prefácio à segunda edição.

mente vagas – assim como a expressão "representações de objetos sujos" empregada constantemente por Pierre Bayle – podem ser compreendidas perfeitamente e remeter a conteúdos precisos ainda que não definidos. Creio que o ponto de vista que adotei, o efeito da leitura e somente este, é capaz de desfazer qualquer ambigüidade.

CAPÍTULO 2

A IMPORTÂNCIA DO LIVRO ERÓTICO NO SÉCULO XVIII

DE VOLTA ATRÁS

Quem não tivesse acesso às bibliografias especializadas de Guillaume Apollinaire, Ferdinand Fleuret e Louis Perceau, *L'Enfer de la Bibliothèque Nationale (O Inferno da Biblioteca Nacional)*, Paris, 1911, ou de Pascal Pia, *Les livres de L'enfer, du XVI siècle à nos jours (Os livros do inferno, do século XVI aos dias de hoje)*, Paris, 1978, estaria, não obstante, em condições de avaliar a voga do livro obsceno no século XVIII. Para isso, bastaria ler as incessantes condenações das autoridades religiosas, as medidas policiais tomadas contra os mascates surpreendidos, vendendo obras "contrárias aos bons costumes", fatos que constituem igualmente provas de um sucesso crescente, confirmado pelo gosto das Luzes pela anedota licenciosa, mesmo se ela fosse militante. Pode-se impor silêncio a tal página de *L'ingénu (O ingênuo)* ou de *A religiosa*, a tal cena pitoresca e rica em subentendidos de *Jacques, o fatalista*, à fábula especialmente sugestiva das *Jóias indiscretas*, ao charme particularmente ambíguo do *Templo de Gnide*, ou ainda ao episódio picante das *Cartas de Amabed* de Voltaire, em que a jovem Adaté deve suportar as investidas vigorosas e complacentemente descritas do padre Fatutto? Tudo isso prova, desde a morte de Luís XIV e o advento da Regência, a importância aparentemente nova atribuída pela literatura aos divertimentos do corpo. Pela literatura, mas também pela gravura e a pintura, como o provam as recriminações do Diderot dos *Salões* contra o gosto depravado de seus contemporâneos, que por si mesmo explicaria a produção de um François Bouché e mais ainda a de seu genro Baudouin.

No entanto, isso não significa que o século XVII tenha ignorado o gênero erótico. Lembremos que nesse século se traduziu e retraduziu, incessantemente, o Aretino e que seus poetas franco-atiradores e marginais, tendo o cuidado de não modernizar demais esse termo, dedicam-se, de bom grado e com muito vigor, a Vênus. Oculto sob os véus do latim de cultura, a libertinagem erudita, às vezes, cede às tentações do erotismo, para não dizer da franca obscenidade. Poder-se-ia mesmo sustentar que as folganças da carne, as descrições sensuais do corpo feminino fazem integralmente parte da cultura que precede a ordenação da época clássica. Que se releia o interesse clínico que o erudito Jean-Jacques Bouchard atribui às suas práticas amorosas na aurora do classicismo, a ponto de anotá-las em um diário[1]. Palavras grosseiras ou mesmo obscenas, descrições escatológicas, encenações de alegres fornicações proliferam na literatura, de Rabelais ao *Francion* de Sorel... Elas constituem até mesmo uma parte essencial e reconhecida da produção literária. Malherbe, que a posteridade imagina de maneira apressada como um triste mestre das letras, a isso se consagrou sem pudor. Ali elas têm casa própria e direito de cidadania. Estas se tornarão marginais e de "segunda prateleira", práticas privadas, quando são instaladas uma arte codificada e uma nova cultura das elites[2]. É então, nesse momento, que nasce uma certa pornografia moderna que exige sigilo, apropriação singular e oculta. Que se saiba que, de 1650 a 1715, isto é, durante o reinado de Luís XIV, encontra-se pouco ou nada de pornografia pública e reconhecida. O aspecto licencioso e malicioso dos *Contos* é, quando muito, tolerado como fantasia particular. Quanto ao resto, trata-se de um erotismo cerebral e implícito, cuja presença é notável na célebre cena da bengala ornada de fitas de *Princesa de Clèves* ou na atmosfera turva do harém de Bajazet.

E, no entanto, sob esse drapeado, esse distanciamento começa a nascer literatura pornográfica como escrita específica e secreta, tendo suas próprias regras, constituindo-se como gênero. Alguns desses clássicos são então editados: *Vénus dans le cloître ou la religieuse*

---

1 *Les confessions* de Jean-Jacques Bouchard foram publicadas pela Gallimard em 1930. Uma edição mais recente foi feita por Emannuele Kanceff, *Œuvres de Jean-Jacques Bouchard*, 2 vols. Turim, 1976-1977. *Les confessions* se encontram no segundo volume.

2 Jean Marie Goulemot, "Démons, merveilles et philosophie à l'âge classique". In: *Annales, E., S., C.*, novembro-dezembro de 1980.

en chemise (Vênus no claustro ou a religiosa de camisola), livro atribuído ao abade Duprat, em 1672; *Le rut ou pudeur éteinte (O cio ou o pudor amortecido)* de Pierre Corneille de Blessebois (1676); *L'école des filles ou la philosophie des dames (A escola das moças ou a filosofia das damas)*, anônimo de 1655[3], que é, provavelmente, o primeiro romance libertino de aprendizado. Mas sobretudo o célebre *Aloysiae Sigeoe Sotadicoe de arcanis Amoris et Veneris* de Nicolas Chorier, advogado de Grenoble, morto em 1692, que vai ser traduzido e publicado com o título de *L'academie des dames (A academia das damas)*. Estas obras-mestras são realmente fundadoras do gênero. Sem entrar nos detalhes de uma análise necessariamente complexa, suponhamos que com o classicismo, nos bastidores desse grande teatro cerimonioso, a literatura erótica invente suas regras de produção e seus circuitos de difusão e de consumo. Ela não mais participa do movimento geral da escrita como em Rabelais e nas obras dos homens da Renascença ou do pré-classicismo, nas quais ela convivia com as formas admitidas da prática literária numa espécie de naturalidade e inocência divertida que fazia de sua leitura um ato cultural reconhecido e aceito.

Em suma, não se trata aqui de reconstruir arbitrariamente uma espécie de paraíso perdido da liberdade dos corpos e da fala, que a ordem clássica, a formação do Estado, no sentido moderno do termo, teriam destruído. Se se leva em consideração a presença misturada do licencioso e do obsceno nas obras militantes das Luzes, é preciso falar de um eclipse momentâneo e provavelmente menos nítido do que supõe uma reconstitução, sempre anacrônica e plena de pressupostos, da época clássica. O século XVI conhece, aliás, uma censura religiosa extremamente severa. A Reforma, de um lado, a Contra-Reforma, de outro, em nada encorajam o discurso que exalta o corpo e os prazeres do amor físico. Mas a censura religiosa revela-se impotente para controlar e restringir uma tradição herdada da Idade Média e renovada pelo naturalismo renascente. E isto tanto mais que a religião medieval reservava ao corpo um espaço e um direito de cidadania que lhe serão recusados pouco a pouco. Não sem malícia, Pierre Bayle se interroga sobre a obscenidade entre os escritores protestantes, para constatar que ela é tão freqüente quanto entre os católicos. Se ele se recusa a admitir, segundo a opinião aceita pe-

---

3 Sobre estas obras, ver, na Coleção *L'Enfer de la Bibliothèque Nationale*, o Volume 7, "Œuvres érotiques du XVIIe siècle". Paris, Fayard, 1988.

los contemporâneos que a obscenidade deve ser reprimida mais severamente "por causa da corrupção prodigiosa" dos tempos, não deixa de reconhecer de boa vontade que sua presença é proporcional à atenção minuciosa dos censores.

Eclipse, pois, e sem dúvida parcial, mas que não deixa de ser essencial, pois este permitirá a criação de um gênero e conferirá ao obsceno literário um estatuto cultural. Nada mais será como antes depois deste confinamento. No século XVIII, quaisquer que sejam as condescendências da filosofia pedagógica para com o gênero erótico, este continua a ser objeto de interdição civil e social. Diderot não é o último a denunciar o perigo pornográfico, quando pensa em sua filha Angélique[4]. Estamos diante de uma separação estabelecida pela época clássica: de um lado, uma literatura obscena, com seu modo de funcionamento e dinâmica próprios, ao mesmo tempo, próxima e, entretanto, diferente da evolução dos gêneros reconhecidos; de outro, variável segundo as épocas, uma tolerância maior ou menor para com o licencioso, o alusivo na prática literária em geral, sem que em nenhuma ocasião, devido à censura e às conquistas da própria escritura pornográfica, literatura e obscenidade possam se reconciliar. O eclipse da época clássica fez evoluir da co-habitação possível e real ao radicalismo do tudo ou nada, ou o mínimo. O gosto das Luzes pelas coisas do sexo, sua oposição ao rigorismo moral das Igrejas não devem iludir. O mundo literário se divide diante da pornografia. Como o lembra Pierre Bayle: "Na república das letras conservou-se sempre um direito ou uma liberdade" de publicar as coisas julgadas alhures inconvenientes, "sujas" ou imorais. Mas as Luzes, por mais hostis que sejam à moral estabelecida e aos preceitos religiosos, pretendem-se virtuosas. A posição de Diderot é exemplar: autor de narrativas libertinas, experto em literatura de "segunda prateleira", de bom grado licencioso, desempenhando, ao mesmo tempo, de boa-fé, o papel de pai da virtude diante dos quadros de Baudouin e da literatura erótica. Que se releia a célebre passagem do *Salão* de 1767:

> *E aquilo que prega aos homens a depravação é feito para ser destruído, e ainda com mais razão destruído quanto mais for perfeita a obra. Já não existe quase nenhuma destas infames e belas estampas que o Carrache compôs copiando o*

---

4 Como o mostra a passagem citada mais adiante do *Salon* de 1767.

> *impuro Aretino. A probidade, a virtude, a honestidade, o escrúpulo, o pequeno espírito supersticioso apropriam-se cedo ou tarde das produções desonestas. Com efeito, quem dentre nós, enquanto proprietário de uma obra-prima de pintura ou de escultura, capaz de inspirar a devassidão, não começaria por desviá-la do olhar de sua mulher, de sua filha, de seu filho? Quem é aquele que não pensa que esta obra-prima possa ser entregue a um outro proprietário menos preocupado com escondê-la? Quem é que não murmura no fundo do seu coração que o talento poderia ter sido mais bem empregado, uma tal obra não ter sido feita, e que haveria certo mérito em suprimi-la?*

Isso indica o caráter marginal, apesar de tudo, da literatura pornográfica, sempre em *sursis*, incessantemente ameaçada de interdição e mesmo de desaparecimento. Admitir-se-á de boa vontade para ela um percurso secreto. O que não significa que ela seja radicalmente alheia às formas gerais da prática literária ou que não se possa reivindicar o fato de certos textos pornográficos pertencerem de pleno direito à literatura, então julgada segundo critérios estéticos e não mais morais ou jurídicos. Finalmente, é evidente que o obsceno e o licencioso, para tomar dois termos cômodos que permitem facilmente separar literatura pornográfica propriamente dita e presença de elementos obscenos (ou, num menor grau, de elementos licenciosos) em um gênero reconhecido cuja finalidade não é essencialmente pornográfica, remetem a dois modos diferentes de leitura. De um lado, leitura de transgressão, entre outras, ligada a uma demanda extracultural, numa relação de total alienação do texto; de outro, leitura fundada sobre a cumplicidade cultural e a defasagem, jogo sutil entre o lícito, o reconhecido e o proibido tolerado.

COMÉRCIO E CONTROLE DO LIVRO ERÓTICO

Não se evocará aqui, uma vez mais, como para maravilhar-se, uma idade de ouro da literatura erótica que o século XVIII representaria[5]. Numa primeira abordagem, o propósito é mais quantitativo

5 A expressão é empregada por Sarane Alexandrian, *op. cit.* Ela faz parte de todo um imaginário do século XVIII que pertence tanto a seus adversários

que qualitativo. Todas as listas coincidem – catálogo de *l'Enfer de la Bibliothèque Nationale*, lista de detentos da Bastilha por ordem régia de prisão, chamadas à ordem por parte das autoridades civis e religiosas... – para mostrar a importância da produção e da circulação do livro erótico[6]. Contentar-nos-emos com evocar alguns processos e constituir, neste domínio, em que nada nunca é claro e completamente dito, um feixe de presunções. Já que é muito difícil quantificar a produção de livros que, de fato, escapam à censura e se servem de circuitos discretos de difusão para se subtraírem a toda espécie de vigilância.

E, primeiramente, da parte das autoridades de tutela. Durante todo o século XVIII, mesmo se, na maioria das vezes, isso acontecesse para conter as publicações jansenistas, que, por muito tempo[7], parecem preocupar bem mais o poder do que os livros filosóficos ou eróticos, são tomadas medidas para reforçar ou adaptar os meios de controle do tenente geral da divisão de polícia e do diretor da Livraria sobre os impressores, os livreiros e os caixeiros-viajantes[8]. Numerosos decretos são promulgados pelo Tribunal (1701, 1706, 1716, 1731, 1732, 1744...), são feitas declarações em 1707 e 1717 no sentido de precisar e reforçar o arsenal repressivo. Por muito tempo, tudo gira em torno da Bula *Unigenitus* (pela qual o papa Clemente XI condenava as 101 proposições acusadas de jansenismo, extraídas das *Reflexões morais)* e remete aos conflitos complexos entre a Igreja Católica e jansenistas, de uma parte; e entre autoridades romanas e poder civil, de outra. Tudo foi em vão, o jansenismo continua sen-

---

quanto aos seus apologistas. Encontrá-la-emos tanto em *La Bastille dévoilée* de Louis Pierre Manuel (1789) quanto na descrição do Antigo Regime de Michelet, e, evidentemente, na obra dos Goncourt, *L'amour au XVIIIe siècle*, Paris, 1875.

6 Nós nos apoiaremos em F. Funck Brentano, *Les lettres de cachet, 1659-1789*, Paris, Imprimerie Nationale, 1903, e F. Ravaison Mollien, *Les archives de la Bastille*, 1866-1904, 19 vols., muito especialmente os volumes XV a XIX.

7 A análise atenta das ordens régias de prisão (*"lettres de cachet")* publicadas por Funck Brentano mostra que se procedia à detenção de *convulsionnaires* (jansenistas fanáticos) na década de 1760.

8 Ver o conjunto destas medidas na *Histoire de l'édition française*, "Le livre triomphant", *op. cit.*, p. 76-83, "La Censure" e p. 84-91, "La police du livre", mas também na obra de N. Herman Mascard, *La censure des livres prohibés à Paris, 1750-1789*, Paris, 1968, e na de J.-P. Belin, *Le commerce des livres prohibés à Paris de 1750 à 1789*, Paris, 1913.

do uma questão importante que atravessa o século, e os registros das ordens régias de prisão da Bastilha mostram que impressores e caixeiros-viajantes são encarcerados por jansenismo, mesmo depois de 1750, com muito mais freqüência do que pela fabricação e difusão de livros contrários aos bons costumes ou próprios a "emocionar os espíritos e perturbar a ordem e a tranqüilidade".

A partir da metade do século (exatamente, de uma portaria de 1744), poucas medidas novas são tomadas para modificar o regulamento interno da Livraria, como se diz na época. Não que a complicação jurídica fosse por isso totalmente balizada, mas vive-se cada vez mais segundo os hábitos e os arranjos com a regulamentação. Desenvolveu-se toda uma arte de favorecer a fraude, como o constata o próprio Malesherbes, e as autoridades parecem resignar-se a não poder exercer, com todo o rigor exigido, o direito de controle contra os escritos sediciosos... A lassitude dos parlamentos, os sucessos do contrabando que engana a vigilância das fronteiras dos portos e das alfândegas o traduzem com muita clareza. Tudo parece ser negociado: escolha do censor, permissão tácita na falta de um privilégio, cumplicidade, em certos casos, entre as autoridades e o movimento filosófico, como quando se tratou do salvamento da *Enciclopédia* pelo próprio Malesherbes, depois do atentado de Damiens, consciente também de que a prática meticulosa da censura é prejudicial aos interesses da corporação dos livreiros-impressores, e até mesmo à economia do reino. Como o salienta Diderot, em seu livro *Mémoire sur la liberté de la presse (Memória sobre a liberdade de imprensa)*, toda medida tomada contra a livre circulação do livro serve aos interesses do estrangeiro, que imprime e difunde o que a França proíbe[9]. Não parece, no entanto, que o livro pornográfico tenha se beneficiado muito desta relativa permissividade da direção da Livraria. Pelo contrário. Na falta de perseguir os escritos anti-religiosos e filosoficamente progressistas, o poder parece ter-se voltado contra os livros lascivos, segundo um mecanismo de transferência e de compensação bastante comum. Conhece-se a posição de Malesherbes, indulgente para com os livros levianos e intransigente para com a obscenidade. Isto foi sem dúvida uma política, de que se fizeram porta-vozes várias declarações oficiais. Como a do 10 de maio de 1728: "A experiência nos ensinou que, apesar da atenção e da vigilância dos Magistrados, vá-

9 Diderot, *Mémoire sur la liberté de la presse*, edição Jacques Proust. Paris, Éditions Sociales, 1963.

rios impressores abusaram a ponto de imprimir, sem Privilégio nem permissão, obras inclinadas a corromper os costumes de nossos súditos, ou a propagar máximas igualmente contrárias à Religião e à ordem pública"[10]. Os inspetores encarregados de vigiar os 125 caixeiros-viajantes e os 40 cartazeiros de Paris não perdem de vista nem os livres-pensadores, nem os autores de obras obscenas. As fichas do inspetor d'Hémery o provam[11]. Assim, foram feitos esforços para encarcerar Chevrier, não por seu *Testament politique du maréchal de Belle-Isle (Testamento político do marechal da Belle-Isle)*, mas por duas pequenas obras licenciosas que, digamos, ele havia se atrevido a escrever: *Le colporteur (O caixeiro-viajante)* e *La vie du père Norbert (A vida do padre Norbert)*. Só sua morte em 1762 pôs termo ao projeto de extraditá-lo da Holanda. Fougeret de Montbron não teve a mesma sorte. Culpado de ser o autor de *Margot la ravaudeuse (Margot, a remendeira*, 1750), ele foi preso, a pedido do embaixador da França, em Amsterdam e transferido para a Bastilha. Seus ataques contra Voltaire e a anglomania dos filósofos não o protegeram do braço secular. Apesar da relativa mansidão de que soube dar prova, o poder não hesitou em condenar à golilha os caixeiros-viajantes surpreendidos com gravuras e livros obscenos e, em caso de reincidência, a cinco anos de galés. A mesma condenação foi infligida aos impressores. Pelo menos é o que enuncia a declaração de 10 de maio de 1728[12].

A preocupação de combater a obscenidade é tal, que se pede aos censores – mas pode-se crer que os livros pornográficos afrontassem o julgamento da censura? – que estejam atentos, na leitura dos manuscritos, ao respeito aos bons costumes. Em 1768, o advogado geral Joly de Fleury chama a atenção sobre isso ao definir as "coisas de que é preciso se garantir da parte dos autores"[13]. Deste modo, o

---

10 Citado por N. Hermann Mascard, *op. cit.*, p. 22.

11 Ele teve um *"journal de la Librairie"* de 1750 a 1769 e recenseou livreiros e autores na década de 1750.

12 Belin, *op. cit.*, p. 45.

13 Os trabalhos de Robert Darnton representam uma contribuição essencial para o conhecimento da difusão do livro proibido. Citemos, além dos artigos que apareceram em revistas ou nas antologias coletivas como *Pratiques de la lecture*, Marselha, 1985: *L'aventure de L'Encyclopédie, 1775-1800*, Paris, Perrin, 1982; *Bohème littéraire et révolution: le monde des livres au XVIIIe siècle*, Paris, Gallimard, Le Seuil, 1983, sem esquecer "Un commerce de livres sous le manteaux en province à la fin de L'Ancien Régime", in: *Revue Française d'Histoire du Livre*, 6, 1975, p. 5-29.

poder não deixou, até o final do século, de se inquietar com as publicações no estrangeiro ou em Avignon, sobre as quais um memorando da direção geral da Livraria notava: "Ficaremos talvez surpresos de que se ouse imprimir tais infâmias *[O porteiro dos cartuxos e Teresa filósofa]* em um governo eclesiástico e sob os olhos da Inquisição; mas deixaremos de ficá-lo, desde que saibamos que sob este governo despótico para o povo, em que a nobreza é, por sua vez, independente e déspota, os senhores mais dignos de Avignon autorizam os impressores desse gênero de comércio a instalar prensas em suas casas, onde podem fazer tudo impunemente, sem temer a Inquisição ou o governo"[14]. Impotente em Avignon, a Livraria perseguia os livros proibidos que se aproveitavam da Feira de Beaucaire para se introduzir na França. Em 1766, d'Hémery fez apreender quatrocentos volumes contra a religião e os bons costumes sobre um total de mil e duzentos contidos nos fardos pertencentes a cinco livrarias de Avignon. Na própria França, controlava-se especialmente Ruão, onde trabalhavam impressores especializados no "livro proibido", fosse este anti-religioso ou pornográfico. Eles misturavam suas próprias produções às importações holandesas ou de Neufchâtel. Graças ao trabalho de Robert Darnton, sabe-se que importância teve a Société Typographique de Neufchâtel na difusão do livro proibido, do filosófico ao obsceno[15], sem distinção. As encomendas de livreiros com comércio próprio, as cartas dos correspondentes da Société provam a importância da produção erótica e o sucesso que encontrava junto ao público. Observou-se que a clientela era ainda mais vasta para os livros licenciosos do que para os livros filosóficos. Todos os estados sociais eram compradores: magistrados, oficiais das guardas de corpo, que preferiam, segundo os arquivos, *Les putains errantes (As putas errantes)* ou *L'école des filles (A escola das moças)*, mas também nobres como M. Dufort, o introdutor dos embaixadores, e M. de Fleury, filho de procurador geral da justiça interessado de perto pela censura dos maus livros, e que – como se sabe – obtiveram, pagando caro, *La science publique des filles du monde (A ciência pública das moças do mundo)*.

---

14 Ver Belin, *op. cit.*, p. 103-4.

15 Darnton, Robert. *Édition et sédition, l'univers de la littérature clandestine au XVIIIe siècle*. Paris, Gallimard, 1991.

Louis-Sébastien Mercier, em *Le tableau de Paris (Quadro de Paris)*, relatou o sucesso que tinham as publicações e gravuras obscenas[16]. Não havia lugar que fosse poupado. Eram vendidas nos lugares de passagem (e, na maioria das vezes, de prostituição) como o Palais-Royal, na entrada das Tuileries, na sala do Opéra ou, melhor ainda, no pátio do Hotel de Soubise, e enfim, nos mais freqüentados cafés. Um dos lugares nobres de venda do livro proibido era Versailles: não apenas a cidade, que contava com muitas livrarias clandestinas, mas também o palácio e o parque. Uma perquisição feita em 1749 revelou que ali havia maus livros em toda parte: nos apartamentos dos mais ilustres senhores e também no quartinho do lacaio de um pregador[17]. Em 14 de março de 1749, era conduzido à Bastilha, com ordem régia de prisão, Lacasse Jean, "copeiro do refeitório comum na corte do Rei", por ter "depositado na capela do rei em Versailles, uma edição completa do *Portier des chartreux" (Porteiro dos cartuxos)*. Ele permaneceu preso até 1º de outubro de 1750. Já no dia 17 de maio, era a vez de Marcel de Gamaches, mestre encadernador, que teve sua prisão relaxada somente em 9 de julho, por ter também depositado, no Castelo de Versailles, uma edição do *Portier des chartreux*[18].

Os vendedores de livros proibidos acompanhavam a corte em suas mudanças, quando esta ia para Compiègne. Armavam suas bancas por ocasião da feira anual do Parque de Saint-Cloud ou instalavam-se na entrada da Basílica de Saint-Denis, que, pelo seu caráter religioso, estava ao abrigo das importunações dos inspetores da direção geral da Livraria. Tampouco a província escapava a esse comércio ilícito e frutuoso. Tal livreiro de Langres ou de La Rochelle vendia, ao mesmo tempo, livros de religião e os clássicos da literatura proibida[19]. Os caixeiros-viajantes, na província como em Paris, eram particularmente ativos e audaciosos, procurando com insistência a clientela a domicílio, aceitando encomenda, comprometendo-se a mandar vir da Holanda ou da Suíça as obras mais procuradas e,

---

16 Mercier, L.-S. *Le tableau de Paris*. Amsterdam, 1782-3, T. V, p. 61-4; p. 61-2.

17 Ver Funck Brentano, *op. cit.*, o ano de 1749 e muito especialmente os números 4.074, 4.081, 4.083, 4.084.

18 Funck Brentano, *op. cit.*, nº 4.074.

19 Robert Darnton analisou vários casos em seus diversos trabalhos. Ver-se-á mais especialmente "Un commerce de livres sous le manteau...", *op. cit.*

por isso, as mais raras. Certos livreiros-impressores de província, como Besongne, Pierre e Robert Machuel em Ruão, Renault em Lyon, Michelin em Provins, Hovius em Saint-Malo eram até os primeiros a abastecer os caixeiros-viajantes e as livrarias parisienses.

O exame das ordens régias de prisão em Paris, segundo a lista estabelecida por F. Funck Brentano no início deste século, nos dá, por um outro viés, uma justa apreciação da importância crescente do livro obsceno. Fraca presença do delito de pornografia, sancionado por ordem régia de prisão de 1715 a 1731: em 1716, prisão de Canelle ou Du Canel, sob inculpação de ser "pintor de figuras indecentes sobre a parte superior de tabaqueiras"; em 1718, prisão de Jean Malassis, livreiro-impressor, por livros proibidos, políticos, como *La Polysinodie ou les remontrances du Parlement de Paris faites au Roy en 1718 (Polisinódicas, ou advertências do Parlamento de Paris em 1718)*; ou eróticos, como *L'école des filles (Escola das moças)*, ou ainda erótico-políticos, como *Les amours de Louis le Grand et de Mlle. Du Trou (Os amores de Luís o Grande e da Senhorita Du Trou)*; em 1721, de J. Hubert, pintor, "por ter desenhado estampas contra a religião, o Estado e os bons costumes". O delito de pornografia, considerando-se os limites do processo de ordem régia de prisão, é então relativamente raro. E, no entanto, as prisões relacionadas com delitos de livraria são bastante numerosas, mas essencialmente por propaganda jansenista: dois, em 1716; quatro, em 1718; seis, em 1720; dez, em 1721. A tal ponto que em 1726, 1727, 1728 e 1729 todos os delitos de livrarias são imputáveis à propaganda jansenista. Em 1729, as *Nouvelles ecclésiastiques (Notícias eclesiásticas)* fazem furor, e as prisões de tipógrafos e de caixeiros-viajantes, profissionais ou militantes, são numerosas. A partir de 1729, reencontramos essa mistura, inesperada para os espíritos do século XX, de obscenidades e de filosofia, ou de erotismo e libelos favoráveis aos *apelantes* da Bula *Unigenitus*. Aqui, parece-me bem claro que a categoria pertinente, do ponto de vista dos impressores e dos leitores, bem mais do que a da religião, do erótico, da filosofia ou da política, seja a do livro proibido. Assim, no dia 27 de julho de 1729, Martin Baudrier, dito Deschaises, é "detido nas proximidades de Ruão pelos fiscais da fazenda, conduzindo um cavalo carregado de impressos proibidos. Eram livros contra a religião e os bons costumes". Baudrier será, em 3 de março de 1730, julgado em Châtelet, condenado à golilha e a três anos de prisão. Em 16 de novembro de 1729, será a vez de Jeanne Journal, detida até 5 de janeiro de 1730 "por distribuição de publicações jansenistas, de publicações contra o Estado e os bons costumes". Em 1730, porém, contam-se 9 prisões por delitos de livraria, todos ligados ao jansenismo.

A partir de 1733, se os delitos jansenistas continuam consideráveis, e estes o serão, contra toda expectativa, ainda por muito tempo, até por volta de 1760, data em que são presos os últimos *convulsionnaires* (jansenistas fanáticos), os delitos por publicações obscenas começam a representar uma minoria. São detidos então conjuntamente vendedores ambulantes de publicações jansenistas como Dumény ou Chartier dito O Abade e todos aqueles que gravam simultaneamente "estampas jansenistas e estampas obscenas" como Nicolas Godoschenne, jovem eclesiástico, ou Benoît Thévenard e seu irmão Antoine, conhecido como O Anão, impressor em talhe-doce, preso em 25 de setembro de 1732 e liberado no dia 6 de junho de 1733, ou Jean Diacre, "pintor de miniaturas", ou ainda Henry Claude Maucourt, mestre-escultor, detido de 29 de setembro de 1732 a 22 de maio de 1733. Desde então, segue-se o ritmo, e os anos se sucedem misturando delitos por obscenidade e por jansenismo, com um aumento nítido das tipografias clandestinas (negócios da rua Saint-Séverin e da rua Meslay, da rua dos Rats e da rua dos Amandiers em 1737, da rua de Lourcine em 1738...), das quais não se conhecia bem que tipo de mercadoria produziam. A partir de 1740, as coisas tornam-se ainda mais claras. Toma-se conhecimento de que a tipografia clandestina do Arsenal juntava o obsceno ao jansenismo: das folhas das *Nouvelles ecclésiastiques (Notícias eclesiásticas)* às paginas do *Frétillon*. Ali se prendeu, na companhia de confrades-tipógrafos e caixeiros-viajantes, alguém chamado Jérôme Le Couteux, "autor de romances um pouco livres e de libelos". Tal prisioneiro, que introduz livros proibidos, mistura, à vontade, os gêneros e não negligencia nenhuma fonte de lucro. Em dezembro de 1740, as prisões atingem sobretudo os impressores de literatura pornográfica. No dia 17, é detido o caixeiro-viajante Auchereau, que é transferido para Bicêtre em 7 de janeiro de 1741, por "venda de livros obscenos, entre outros *Dom B..., portier des chartreux (Dom B..., porteiro dos cartuxos)*". No mesmo dia, é encarcerado Denis, tipógrafo que, em um atelier clandestino, "imprimia *L'almanach de Priape (Almanaque de Príapo)*" e outras obras contrárias aos bons costumes". No dia 19, é a vez de Pierre Charles Canot de ser detido, depois, transferido para Bicêtre por ter gravado as estampas do *Almanaque de Príapo*. Em 1741, sobre quarenta ordens régias de prisão por crimes de livraria, 22 são relacionadas com a pornografia. O grande caso do ano é *L'art de foutre (A arte de foder)*, livro atribuído a Baculard d'Arnaud, que será detido em 17 de fevereiro e conduzido em 14 de março a Saint-Lazare. Encarcera-se o tipógrafo Sulpice de Gamaches no dia 29 de janeiro, os caixeiros-viajantes Laurent-Charles Guillaume e Jean-Louis Tinel, que o venderam, Joseph-Marie Anne d'Urey d'Harnoncourt de Morsan, que havia financiado a impressão (encarcerado em 23 de fevereiro). É toda uma rede complexa que sofre a dura lei das ordens régias de prisão. As autoridades, alertadas, parece, pela recrudescência dos livros pornográficos, reforçam a vigilância. Em 28 de fevereiro, é encarcerado Blangy, tapeceiro, que é conduzido a Bicêtre em 17 de maio "por ter mandado gravar as estampas de *Dom Bougre*"; e Philippe Lefebvre, por tê-las gravado, é encarcerado no dia 28. Difusores e caixeiros-viajantes são importunados. Blaud em 3 de março, Marie Ollier, no dia 10, o abade Charles de Noury, sacristão da Ordem Terceira de Cluny, detido em 14 de abril por tê-lo vendido. Louis Brullot, caixeiro-viajante, em 20 do mesmo mês, "por ter, apesar do compromisso assumido, vendido impressos, entre os quais *Dom Bougre*".

A repressão tendo talvez dado seus frutos, nenhum caso de pornografia em 1743 e 1744: a vigilância é exercida unicamente sobre os jansenistas e os libelos políticos. Em 1746, as perseguições contra os escritos licenciosos são cada vez mais intensificadas. O encadernador Le Tellier é encarcerado em 10 de julho por ter vendido *Dom Bougre, Les anecdotes de la chasse (Dom Bougre, Anedotas da caça)*, "notícias à mão", *Les trois voluptés (As três volúpias), La vérité des miracles de saint Pâris (A verdade sobre os milagres do santo Páris)*, os *Contos* de La Fontaine... Sabe-se o que foi o ano de 1749, quando numerosas perquisições foram feitas em Paris e mesmo em Versailles.

Gostaríamos de poder acompanhar desse modo, ano após ano, os processos que dizem respeito às obras licenciosas e indicar, a partir disso, um crescimento contínuo, signo óbvio de uma multiplicação da literatura obscena e prova não menos evidente de seu sucesso. Projeto impossível a ser levado a cabo satisfatoriamente por múltiplas razões. E primeiramente porque o livro erótico, ao ver da Livraria, constitui cada vez menos uma categoria autônoma: a noção de livros proibidos (ou interditos) recobre tanto os libelos políticos quanto os escritos eróticos ou mesmo filosóficos. A tendência a confundir, por motivações diferentes, aqui a defesa da ordem, lá, o lucro que rendem por sua raridade, deve-se, aliás, tanto aos leitores, tipógrafos e caixeiros-viajantes como também às autoridades. Somente uma publicação excepcional, como *Le canevas de Paris* ou *Mémoires pour servir à l'histoire de l'hôtel du Roule (A tela de Paris ou Memórias para servir à história do hotel do Roule)*, em 1750, que leva à detenção de seus supostos autores, Barthélémy, François, Joseph Moufle d'Angerville e Rochon de Chabannes (conduzidos à Bastilha em 29 de agosto), ou a procura minuciosa dos exemplares de *Thérèse philosophe (Teresa filósofa)* a partir de 1748, ano de sua publicação por D'Argens, recebe um tratamento continuado da direção geral da Livraria[20]. Notemos também que casos particulares (o atentado de Damiens, a expulsão dos jesuítas, o caso do colar) mobilizam os esforços dos inspetores. Os anos de 1757 e os seguintes são a este respeito exemplares. Em 1757, dezessete ordens régias de prisão concernem a Damiens e seus supostos cúmplices, alguns casos raros de perseguições contra jansenistas, prontamente suspeitos de cumplicidade no caso, mas, para o essencial das encarcerações por causa de libelos difamatórios, maledicência contra a pessoa do rei e difusão de livros proibidos, entendam-se, nesse período, os escritos filosóficos e anti-religiosos. Mas um só processo por costumes na lista de perseguições por ordem régia de prisão e que não é do domínio do impresso: em 10 de abril de 1759, é encarcerado Pierre-Michel Hérissant, advogado, que é qualificado de *convulsionnaire* (jansenista fanático), com o detalhe seguinte: "Hérissant havia inventado a seita de recrutamento. Nas assembléias desta seita, os frades e as freiras ficavam nus. Ele era ainda o autor da caixa das p..., caixa feita com contribuição obrigatória de cada frade, para pagar as prostititutas que serviriam aos seus divertimentos". O emprego do termo *convulsionnaire*, lendo-se esta descrição das atividades do senhor Hérissant, parece bastante impróprio. Mesma redefinição das actividades dos inspetores, quando da expulsão dos jesuítas, momento em que se encarceram, sobretudo, os distribuidores de "brochuras favoráveis aos jesuítas". Em 1764, umas vinte ordens régias de prisão são justificadas por esse único motivo.

Finalmente, a terceira impossibilidade de realizar bem um estudo sobre as perseguições engajadas contra os escritos licenciosos é o papel cada vez mais importante que a pornografia desempenha no libelo político. A reviravolta parece operar-se por volta de 1765 com o encarceramento de Louis, Auguste, Francois Dieudé de Saint Lazare por terem dito "coisas abomináveis contra o rei", o que lhes

---

20 Os aprisionamentos por ordens régias de prisão do ano de 1749 relatados por Funck Brentano, *op. cit.*, são particularmente exemplares.

valeu um exílio na Bretanha. Sob a rubrica cada vez mais freqüente de "expressões abomináveis", "maledicências" esconde-se realmente um discurso pornográfico e obsceno que critica a pessoa do rei, sua política, suas amantes e nutre "as notícias à mão", entenda-se, os jornais manuscritos cheios de rumores infundados, de denúncias políticas, na maioria das vezes, injuriosas, sem nenhuma periodicidade, que circulam em Paris. Não se cessa de prender seus autores e difusores. Em 1769, Jeanne-Jacqueline Pin, conhecida como Dupin, mulher de Laye, é conduzida à Bastilha por ter "forjado cartas e histórias em que o nome da Senhora Adelaïde ficava comprometido"; em 1770, Lamy e Kauffman são encarcerados por terem divulgado "notícias à mão" *(nouvelles à la main)*. Em 1771, os casos do Parlamento mostram claramente a fusão do escabroso e do político: no dia 2 de março, Pierre Athanase-Nicolas Pépin de Grouhette foi preso por causa de "obras licenciosas sobre a supressão do Parlamento"; ele será liberado em 3 de dezembro. Com o reinado de Luís XVI, a produção de libelos político-licenciosos continua de vento em popa. Em 1776, a maior parte dos delitos de livraria dizem respeito às "notícias à mão", cujo estilo é conhecido. Em 1777, Jean-Baptiste-Jacques Lefebvre, livreiro que vendia na grande escada do Palácio de Versailles, é detido em 19 de setembro por "venda de libelos contendo injúrias e calúnias contra a rainha". Em 17 de abril de 1778, ele será condenado a um exílio a 30 léguas da Corte. Nos anos 1780, surge um novo motivo de prisão: "difamação", que se deve entender como o que designa, em geral, libelos obscenos e pornográficos contra a rainha e os ministros (*Les amours du vizir Vergennes, Les petits soupers de l'hôtel de Bouillon (Os amores do vizir Vergennes, Os pequenos jantares do hotel de Bouillon)*. É o motivo evocado contra a Senhora La Touche de Gotteville, detida em 24 de maio; depois, contra Pascal Boyer, redator no *Mercure de France (Mercúrio de França)* suspeito, em poucas palavras, de ser o autor de libelos, publicados no estrangeiro, difamatórios para com personalidades francesas. O caso do Colar favorecerá o desenvolvimento do gênero. Em 1786, as prisões de caixeiros-viajantes, de tipógrafos clandestinos, de livreiros vendedores de brochuras que são um atentado à honra da rainha e à virilidade do rei, se multiplicam. Se a literatura erótica continua a ser escrita, a se difundir e a ser lida – encarcera-se François Mallet, livreiro em Neufchâtel, em 30 de junho de 1783, do qual se sabe que "pagou ao senhor conde de Mirabeau a soma de 100 luíses pelo manuscrito de seu *Erotika Biblion (Bíblia erótica)*" –, esta não é mais o alvo privilegiado da censura. Os libelos políticos, fossem ou não apimentados de pornografia, inquietam e interessam de modo mais imediato o poder. A pressão do acontecimento faz com que as pessoas tomem suas distâncias com relação à defesa dos bons costumes. Nesses tempos tumultuosos existem evidentemente outras urgências.

Considerando-se bem, é verdade que a pornografia e, particularmente, os panfletos obscenos consagrados à rainha, como o célebre *Les amours de Charlot et de Toinette (Os amores de Carlinhos e de Antonieta)*, de 1779, serviu ao movimento geral de dessacralização da monarquia. A rainha imaginariamente desonrada, envolvida nas mais sórdidas festas de casais, oferecida ao desejo dos leitores de libelos, isso foi também um sintoma da crise do Antigo Regime. A liberdade de imprensa é rapidamente estabelecida pela Revolução. Em 4 de agosto de 1789, a Assembléia Nacional Constituinte decidiu pela supressão de todos os privilégios. Deste modo, privilégios dos autores e das livrarias desaparecem. Em 24 do mesmo mês, decreta-se liberdade de pensamento e de expressão. Disso resulta uma proliferação de libelos pornográficos[21] e obscenos, revolucionários ou contra-revolucionários. De um lado, *L'autrichienne en goguette ou l'orgie royale (A austríaca bêbada ou a orgia real), Le godemichê royal (O pinto real), Les soirées amoureuses du général* Mottier *et de la belle Antoinette (As tardes amorosas do general* Mottier *e da bela Antonieta), Les fureurs utérines de Marie-Antoinette, femme de Louis XVI (Os furores uterinos de Maria Antonieta, mulher de Luís XVI)*, e, de outro, *Les enfants de Sodome à L'Assemblée Nationale (Os filhos de Sodoma na Assembléia Nacional), La vie privée et publique du ci-derrière marquis de Villette, citoyen rétroactif (A vida privada e pública do Marquês de Villette, que se apresenta pelo traseiro, cidadão retroativo), de 1790; La Requête et décret en faveur des putains, des maquerelles et des branleurs (Petição e decreto em favor das putas, proxenetas e masturbadores)*... A lista de tais escritos, no período revolucionário, é interminável. Ataca-se, então, em termos igualmente obscenos e também claramente pornográficos, tanto os aristocratas como os jacobinos, os emigrantes e igualmente os *Feuillants*, os padres juramentados e também os girondinos, os heróis da Revolução como os atores dos teatros que

21 Ver Thomas, Chantal. *La reine scélérate, Marie-Antoinette dans les pamphlets.* Paris, Le Seuil, 1989. Mas também o catálogo da exposição *Revolution in print: the Press in France, 1775-1800.* Berkeley, Londres, 1989. E Pauvert, Jean-Jacques. *Estampes érotiques révolutionnaires: la Révolution française et l'obscénité.* Paris, 1989.

são criados com o fim do monopólio teatral do Antigo Regime, as prostitutas do Palais-Royal como os parlamentares de todas as tendências. O jogo de massacre, a encenação erótica, a denúncia exageradamente grosseira não conhece limites. A moda durará até o Consulado quando se publica um panfleto logo célebre, *La France foutue (A França fodida)*.

A entrada forçada do erótico na política, a ascensão facilmente mensurável da pornografia deve-se sem dúvida alguma a esses tempos incertos e tumultuosos em que se opera uma confusão de valores facilmente perceptível. Esta se liga também, deve-se admiti-lo, às modificações que o mundo das letras conhece. A partir de 1760, nós o sabemos, há uma superabundância de letrados e de vocações literárias. Forma-se, então, como o mostrou Robert Darnton, uma boêmia literária marginalizada, em busca de apoios e de um trabalho em harmonia com suas aspirações e sua formação[22]. Vêem-se multiplicar escritores de toda ordem: jornalistas efêmeros, panfletários em busca de protetores e de causas para servir, corretores de livraria, recrutadores de clientes para a Sociedade tipográfica de Neufchâtel, intermediários entre livreiros franceses e editores holandeses, ingleses ou suíços para livros censurados. A tentação é grande, para quem sabe escrever, de propor um panfleto erótico-político a um editor estrangeiro ou até, às vezes, de oferecer sua venda diretamente às autoridades políticas. Sabe-se assim que Théveneau de Morande, que publicava o jornal *Le gazetier cuirassé (O gazeteiro encouraçado)*, redigiu contra Mme. du Barry *Les mémoires secrets d'une femme publique (Memórias secretas de uma mulher pública)*, em quatro volumes ilustrados de gravuras e enviou algumas boas folhas ao chanceler Maupéou, declarando que faria publicar o panfleto se o seu silêncio não fosse comprado a bom preço. Beaumarchais, em março de 1774, foi enviado a Londres para negociar o resgate de seu manuscrito ao panfletário, que ameaçava tirar uma edição de vários milhares de exemplares. Beaumarchais, em nome do ministério, teve de pagar pela destruição da edição inteira a soma de 32 mil libras e uma pensão de 4 mil libras a Théveneau, a metade reversível à sua mulher. As *Memórias secretas de uma mulher pública* foram, pretende-se, queimadas num forno de tijolos.

Os jovens escritores pertencentes à boêmia literária e a quem a carreira de letras fascina não tem, freqüentemente, outro recurso a

22 Darnton, *Bohème littéraire et révolution*, *op. cit.*

não ser o de cometer um manuscrito pornográfico de venda fácil e difusão assegurada. Assim, Mirabeau, internado na Bastilha, precisando de dinheiro e de distração, entregou a um editor suíço a *Erotika Biblion (Bíblia erótica)* e *Ma conversion ou le libertin de qualité (Minha conversão ou o libertino de qualidade)*. Também o Chevalier de la Morlière que publicou em 1748 *Les lauriers ecclésiastiques ou les campagnes de l'abbé de T. (Os louros eclesiásticos ou as campanhas do abade de T.)*, ou Meusnier de Querlon, autor de *Sainte Nitouche ou histoire galante de la tourière des Carmélites (Santa Não-toca ou história galante da rodeira das carmelitas)* (1770), que pretendia rivalizar, usando uma voz feminina, com a obra *O porteiro dos cartuxos* ou ainda Pierre-François Tissot, que, por causa de sua *Capucinière ou bijou enlevé à la course (A capuchineira ou a jóia roubada na corrida)*, foi enviado à Bastilha, em 1780. Citemos ainda Mercier de Compiègne e Nougaret[23].

Mais interessante que esses boêmios, levados pela miséria a escrever pornografia, e cuja escolha só prova, no fim das contas, o sucesso público do gênero obsceno, são os escritores mais ou menos reconhecidos que terminam num momento ou outro por ceder às tentações do gênero erótico. Este foi o caso de Sénac de Meilhan, intendente de Aunis de Saintonge, que ambicionava chegar ao ministério e publicou em 1775 um poema em seis cantos, *La foutromanie*

---

23 Mercier (Claude, François, Xavier), chamado Mercier de Compiègne porque nascido nesta cidade em 1763, é um caso exemplar desses homens de letras devotados à pornografia por necessidade. Nougaret (Pierre-Jean-Baptiste, 1742-1823) é, por sua vez, tipo mesmo do compilador medíocre. Ele experimentou todos os gêneros com um sucesso desigual. Engajado, do lado de Voltaire no combate filosófico, nem por isso negligenciava a pornografia. Em 1769, publicou *La capucinade, histoire sans vraisemblance*, que lhe valeu uma detenção na Bastilha. Ele mandou reimprimir esta obra em 1797 sob o título de *Aventures galantes de Jérôme, frère capucin*. Escreveu *Ainsi va le monde* em 1769, republicado em 1797, 1799 e 1801 sob o título de *Les jolis péchés d'une marchande de modes ou ainsi va le monde*. Sua bibliografia é interminável. Uma análise precisa dos títulos que a compõem mostraria que ele soube, às vezes, utilizando uma simples homologia, tirar partido dos romances em moda, pornográficos ou não. Publicou assim em referência à obra de L.-S. Mercier *(Le tableau de Paris)*: *Le tableau mouvant de Paris*, 1786, depois *L'ancien et le nouveau Paris*, 1798. Seu romance *Le danger des circonstances ou Les nouvelles liaisons dangereuses* tentou aproveitar do sucesso do romance de Laclos. Publicou *La paysanne pervertie ou les mœurs des grandes villes* em 1777 para tirar proveito do de Rétif de la Bretonne.

(A fodamania), paralelamente a uma obra de filósofo, de economista e de romancista[24]. Ou o de Alexis Piron, advogado principiante da ordem de Dijon, que compôs em 1710 uma *Ode à Priape (Ode a Priapo)* e abandonou o direito por uma carreira de homem de letras, em que o obsceno tem seu papel ao lado de seu grande sucesso *La métromanie (A metromania)*, já que ele compôs *Étymologie de l'Aze-te-foute, Le désagrément de la jouissance, Leçon à ma femme (Etimologia do Aze-te-fode, O desprazer do gozo, Lição para minha mulher)*, etc., que formam suas *Œuvres badines (Obras jocosas)*...

Isso significa que, pela quantidade de obras publicadas, a literatura erótica conhece um sucesso e uma notoriedade até então jamais alcançados. Disso daremos duas provas suplementares. Primeiramente o reconhecimento, por ela e fora dela mesma, de sua existência. Quase da mesma maneira pela qual toda utopia se refere implícita ou explicitamente a More, a Campanella e a Platão, o texto erótico remete a seus clássicos: o Aretino, *Dom Bougre* ou *Teresa filósofa*, seja por aparecerem, desde o prefácio, como a fonte, a origem de uma linhagem, o arquétipo do gênero; seja por sua leitura constituir uma etapa decisiva na narrativa de iniciação de heróis. Esta presença narrativa ou referencial é a prova de um estatuto cultural, de uma historicidade e de uma hierarquia das obras eróticas. *Le colporteur (O caixeiro-viajante)* de Chevrier evoca complacentemente a variedade de livros de segunda prateleira de que eram providos os consumidores desta mercadoria tão procurada. E praticamente não há romance erótico que não pratique a autocitação genérica: de *L'éducation de Laure (A educação de Laura)* a *Monsieur Nicolas ou le cœur humain dévoilé (Senhor Nicolas ou o coração humano desvelado)*. Quando o sobrinho de Rameau ataca a virtude hipócrita em uma célebre tirada e evoca os desejos inconfessáveis, mas bem reais, de uma ardente pudica, é ao romance pornográfico que ele recorre para fundamentar suas palavras, convencido de que a referência literária imediatamente perceptível pelo seu leitor vale mais do que uma longa demonstração. "E esta mulher que se mortifica, que visita as prisões, que assiste a todas as reuniões de caridade, que caminha com olhos baixos, que não ousaria encarar um homem, incessantemente em vigilância contra a sedução de seus sentidos; tudo isso impede que seu coração queime, que lhe escapem suspiros; que seu temperamento se acenda; que os desejos a obsedem e que sua imaginação

24 Ver-se-á sobre este ponto nosso Capítulo 4.

lhe descreva, noite e dia, as cenas do *Portier des chartreux (Porteiro dos cartuxos)*, as *Postures de l'Arétin (Posturas do Aretino)?*" Não havia leitor – deste texto contemporâneo de Diderot – que não compreendesse a alusão.

Poder-se-iam assim multiplicar os exemplos, acumular as provas referenciais ou narrativas. Para concluir, lembremos dois fatos significativos. *As confissões* nos informam que havia, na pudica Genebra, uma locadora de livros eróticos, a Tribu. "No entanto, se meu gosto não me preservou de livros chatos e insípidos, minha sorte me preservou dos livros obscenos e licenciosos: não que a Tribu, mulher sob todos os aspectos muito condescendente, tivesse escrúpulo de mos emprestar. Mas, para valorizá-los, ela os nomeava com um ar de mistério que me forçava precisamente a recusá-los, tanto por aversão quanto por vergonha [...]" (Livro I). Finalmente, citemos Diderot, testemunha do gosto do público pelas narrativas eróticas, tal como o Mestre em *Jacques, o fatalista* que não deixa de atormentar seu valete a fim de conhecer minuciosamente seus amores:

> *O Mestre: Se Jacques quisesse me dar um grande prazer...*
> *Jacques: O que ele deveria fazer aqui?*
> *O Mestre: Ele começaria pela perda de sua virgindade. Você quer que eu te diga? Sempre me deu água na boca a narração deste grande acontecimento.*
> *Jacques: E por quê, por favor?*
> *O Mestre: É que, de todos os do mesmo gênero, este é o único picante, os outros não são mais do que insípidas e banais repetições. De todos os pecados de uma bela penitente, estou certo de que o confessor só presta atenção neste.*

Leitor de *Jacques*, leitor de romances do século XVIII, o Mestre é vosso irmão! Reconhecei-vos nele, o autor vos convida.

> *E depois, leitor, sempre contos de amor; um, dois, três, quatro contos de amor que eu fiz para vós; três ou quatro contos de amor vos são ainda devidos: são muitos os contos de amor. É verdade por um outro lado que, já que se escreve para vós, deve-se ou renunciar a vosso aplauso, ou vos servir a vosso gosto, e o que vós havíeis um gosto bem decidido pelos contos de amor. Todas as vossas novelas em verso ou em prosa são contos de amor; quase todos os vossos poemas, elegias, éclogas, canções, epístolas, comédias, tra-*

gédias, óperas, são contos de amor. Quase todas as vossas pinturas e vossas esculturas não são mais do que contos de amor. Desde que vós existis, vosso alimento preferido são os contos e vós não vos cansais deles.

Substituamos amor por uma palavra um pouco mais forte ou um pouco mais precisa, e teremos evocado precisamente o gosto da época pela narrativa erótica, prova, se ainda fosse necessário, do sucesso do gênero.

Finalmente, veremos a lista dos títulos fornecidos em anexo. Graças à sua abundância, seu valor, muitas vezes, referencial, à qualidade literária de seus autores, estamos aptos a julgar da importância da literatura erótica do século XVIII, que, neste domínio, foi, sem dúvida, fundadora e exemplar.

Anexo

A partir das bibliografias que já evoquei (as de Guillaume Apollinaire, de Pascal Pia e de Sarane Alexandrian, mas também da *Anthologie historique des lectures érotiques* de Jean-Jacques Pauvert, Paris, 1979, não é impensável chegar a arrolar uma lista relativamente exaustiva das obras pornográficas publicadas no século XVIII. Este propósito não é aqui o meu. Menos ainda o de repertoriar, nos passos de Pascal Pia, a partir dos fundos da Biblioteca Nacional de Paris, as edições e reedições que elas tiveram. Ao evocar alguns títulos célebres, eu gostaria de enfatizar a importância de que se reveste o gênero durante o século das Luzes. A qualidade de nomes citados - deixar-se-á no entanto o marquês de Sade à parte - basta para demonstrá-lo. Podem-se distinguir, parece-me, obras que constituíram, a diversos títulos, modelos do gênero e das quais teríamos a tentação de dizer, como em um banal anúncio-reclame: sempre imitados e nunca igualados. Na maior parte das vezes, elas foram reeditadas durante todo o século XIX e constituem hoje ainda o essencial do acervo pornográfico. Seria um erro, no entanto, considerar que se trata de um conjunto homogêneo, fixo. O romance pornográfico não pára de evoluir e utiliza os procedimentos do romance contemporâneo, ou do restante de sua produção quando ele não constitui o único gênero literário praticado pelo autor. Neste caso, ele representa uma espécie de lugar de trocas, mas o que ele ganha então em filosofia, em virtuosidade narrativa ou mesmo em graça, ele o perde, como se verá mais adiante, em eficácia pornográfica. Os puristas o lamentarão. Eis aqui alguns títulos que permitirão, parece-me, avaliar a importância da produção pornográfica do século XVIII. Uma só leitura permitirá julgar sua qualidade.

Ainda será preciso chegar a um acordo, e está aí o centro do debate, acerca do sentido deste termo. O que está em jogo do livro pornográfico só é literário acessoriamente. – Alexis Piron, *Ode à Priape*, 1710. – Louis-Charles Fougeret de Monbron, *Le canapé couleur de feu*, 1741. – Baculard d'Arnaud, *L'art de foutre ou Paris foutant*, 1741. – Jean-Charles Gervaise de la Touche, *Histoire de dom B..., portier des chartreux* 1741. – Godard d'Aucour, *Thémidore ou mon histoire et celle de ma maîtresse*, 1745. – Claude-Henri Fusée, abbé de Voisenon, *Le sultan Misapouf*, 1746. – Claude-Henri Fusée, abbé de Voisenon, *Zulmis et Zelmalde*, 1747. – Jean-Baptiste de Boyer, marquis d'Argens, *Thérèse philosophe*, 1748. – Le chevalier de la Morlière, *Les lauriers ecclésiastiques ou les campagnes de l'abbé T...*, 1748. – Crébillon fils, *Les tableaux des mœrs du temps dans les différents âges de la vie*, 1750. – Fougeret de Monbron, *Margot la ravaudeuse*, 1750. – Granval fils, *La nouvelle Messaline*, 1750 (teatro). – Andrea de Nerciat, *Félicia et mes fredaines*, 1775. – Gabriel Senac de Meilhan, *La foutromanie*, 1775. – Mirabeau, *Erotika Biblion*, 1782. – Mirabeau, *Ma conversion ou le libertin de qualité*, 1783. – Mirabeau, *Le rideau levé ou L'éducation de Laure*, 1785. – Andrea de Nerciat, *La matinée libertine ou les moments bien employés*, 1787. – Andrea de Nerciat, *Le doctorat impromptu*, 1788. – Andrea de Nerciat, *Monrose ou le libertin par fatalité*, 1792. – Andrea de Nerciat, *Mon noviciat ou les joies de Lolote*, 1792. – Andrea de Nerciat, *Les Anaphrodites*, 1793. – Rétif de la Bretonne, *L'anti-Justine*, 1797.

Esta lista, estritamente indicativa, não tem nenhum valor bibliográfico. Ela deve ser completada pelos títulos analisados no Capítulo 8 do presente livro.

Fig. I: *Le midi (O meio-dia)*, gravura de Ghendt em guache de P. A. Baudouin.

CAPÍTULO 3

EFEITOS PARTICULARES DE LEITURA DO LIVRO ERÓTICO

A ENCENAÇÃO PELA IMAGEM: *LE MIDI* DE GHENDT (FIG. I)

Começaremos analisando aqui uma gravura inspirada em um guache de Pierre Antoine Baudouin, *Le midi (O meio-dia)*, gravada por Emmanuel de Ghendt. Nesta, uma mulher jovem está estendida sobre o musgo, sua sombrinha está, aberta, caída à sua esquerda. Atrás dela, uma estátua: um busto representando um jovem adolescente sobre um soclo onde dançam cupidos, as folhagens subindo ao longo das clarabóias que se estruturam em torno de uma abertura em círculo semelhante a um olho-de-boi. É, pois, meio-dia. É hora da sesta ou da meridiana, e, por pouco, esquece-se a rica veste da moça: peruca, espartilho, rendas, saia rodada, braceletes e fitas, imaginaríamos os desenhos preparatórios e as telas elaboradas de Jean-François Millet *(Pastor dormindo à sombra de um bosque de carvalhos*, pastel, Musée de Saint Denis, Reims, 1872-4, ou *A meridiana*, Museum of Fine Arts, Boston, 1866). Estaríamos, pois, prontos a imaginar uma série – como existem muitas na história da arte – que, sobre o tema da sesta, do repouso campestre, vai dos desenhos galantes do século XVIII ao naturalismo campesino do século XIX, sem esquecer, ulteriormente, as variações eróticas de um Courbet *(O Sono*, Musée du Petit Palais, Paris) ou o motivo retomado incessantemente por Pablo Picasso do modelo em repouso. Se olharmos bem, a comparação é casual e até, reconheçamos, totalmente equivocada. Nada aqui evoca o campo. O cenário é aquele de um jardim preparado e desenhado, arquitetado, oriundo provavelmente de uma loucura, como se dizia então. Nenhuma abertura que dá para a paisagem, nenhuma fuga na direção do horizonte campestre: ao contrário, tudo concorre para dar a impressão de um lugar fechado, de uma espécie de salão campestre. E, evidentemente, trata-se menos ainda de uma sesta. A jovem mulher evita a sombra e está deitada em plena luz: por uma nódoa de um branco resplandecente o gravador atira nossa atenção para este corpo estendido, como ao abandono. Entre as folhagens obscuras, quase profundas, e este corpo banhado de luz violenta, temos uma dissonância, retendo a atenção, fazendo sinal ao espectador atento. A mesma que se encontra, no *Déjeuner sur l'herbe* de Manet, entre a modelo nua e seus companheiros vestidos. Aqui tudo quer indicar e repete que o título é um chamariz ou, antes, que *Midi* está aí somente para justificar um efeito de luz vertical e que o olhar deve dirigir-se prioritariamente a esse corpo estendido, artificialmente luminoso, na brancura realçada do rosto, do pescoço, do vestido colado ao corpo, da mão direita que aponta com o dedo um objeto caído no chão (um livro aberto), da coxa direita acompanhando a linha do corpo, dos pés afastados, um (o esquerdo) mantendo seu escarpim em equilíbrio, como se ele fosse iniciar um movimento ou acabasse de interrompê-lo, petrificado repentinamente neste movimento mesmo.

A modelo tem os olhos abertos: dois pontos escuros em um rosto branco de cré, a boca semi-aberta, em uma espécie de fixidez hierática. Escrutando este rosto, como nos convida a distribuição de claros e de escuros (isto é, o próprio discurso da gravura), nota-se que o olhar está ausente, situado alhures, nada fixando de preciso, nem mesmo o amador que interroga a imagem, talvez em busca de uma realidade indiscernível que esta jovem mulher ao abandono é a única a perceber. O corpo, seu corpo, é ao mesmo tempo tenso, da cabeça até os quadris; e, oferecido, da cintura ao escarpim. Uma mão, à esquerda, esconde-se sob a anágua, cujas pregas, retraídas pela intensidade da luz, indicam a trajetória.

Compreendemos. Ao abrigo das folhagens que sobem ao longo das clarabóias, nesse jardim aristocrático com ares de estufa, sob o calor do sol no zênite, esta jovem se acaricia. A distribuição dos efeitos de sombra e de luz não corresponde aqui a nenhuma vontade de realismo: ela é incitação, insistência para olhar esse corpo, para ultrapassar as aparências.

A mão direita, com o indicador apontado, indica, pois, um objeto caído no chão. Caído e não posto, como se ele houvesse escapado bruscamente da mão da leitora, daí sua posição, vertical, semiaberto, tudo indicando que ele não é um simples elemento do cenário, mas um objeto de uso, que a moça segurou efetivamente este livro, que ela o havia lido mesmo. Sua própria posição no chão prova sem dúvida alguma que ela se deteve em uma página de tal modo que isso se vê pela disposição das folhas do volume. Tudo está dito aí. Este livro abandonado ajudou a jovem a sonhar, e não é difícil imaginar a natureza de seu sonho. Os amores, que se empurram um ao outro e dão cambalhotas sobre o fuste da estátua, o confirmam, se ainda duvidássemos. Também como o sorriso irônico do jovem efebo que o coroa. Há nesse amor, que por pouco seria faunesco, uma centelha de malícia que não pode enganar.

Pois deve-se examinar ainda com um pouco mais de cuidado a gravura de Ghendt. O belo adolescente em busto, semideus, efebo, cupido um pouco envelhecido, mas guardando de sua juventude as bochechas rechonchudas, privado de seus braços e mãos, em outros lugares tão úteis, é reduzido a seu olhar. A estátua não tem os olhos vazios nem mesmo ausentes. Ela observa, com atenção toda especial – que se siga seu olhar ávido e divertido ao mesmo tempo! –, a jovem desfalecida, e se acreditaria que esta estátua, por pouco, contempla com surpresa mas intensamente, pela clarabóia factícia, situada atrás dela, este espetáculo de uma jovem que se crê só e isolada do mundo.

Não se poderá negar a construção em abismo: um livro é lido e acaba fazendo tomar a presa pela sombra a ponto de exigir a recorrência ao que Rousseau havia chamado "o suplemento perigoso", mas não existe erotismo senão no corpo oferecido em seu gozo e visto intensamente, sem que o olhar que escruta seja sentido, realmente identificado, ou mesmo percebido. A moça se crê sozinha com seus sonhos, as vagas de seu prazer saciadas. Longe dela imaginar-se observada: do interior da gravura, em uma encenação silenciosa que lhe rouba a intimidade; do exterior, onde o espectador desempenha um papel que não é mais somente estético.

Resumamos o que nos diz – o que diz àquele que a contempla – a gravura de Ghendt. Ser leitor, isto é, fazer parte desse momento que precede e exige a carícia, é, como o indicam a posição e o olhar do busto, ser *voyeur* de um ato que é ele próprio incompletude ou pior que isso. Pode-se ir ainda mais longe no comentário da imagem que se expõe. Atribuamo-lhe o título que merece e que corresponde a sua mensagem: "Os efeitos da leitura" ou "Da influência dos maus livros". Assim, pois, uma moça lê, solitária, um livro pornográfico e acaba por se acariciar, vítima do desejo que este lhe desperta. Nós vemos o livro abandonado, o gozo impelindo o corpo, que vibra, arqueado, como o provam essa rigidez inabitual, essa ausência, esse escarpim meio escapado do calcanhar. Tudo proclama indiretamente o poder magistral do livro e da leitura exaltados e magnificados. Objeto insignificante, quase abandonado, o livro dá seu sentido a cada um dos elementos representados na gravura. Isso mostra o quanto a literatura não é aqui um jogo vão. Quem se entrega a ela, nela se queima e lhe será necessário unir o gesto às palavras.

Pela sua composição, pela postura que ela impõe ao amador que a observa, a gravura de Ghendt informa sobre o mecanismo que produz esse brutal efeito de leitura. Tudo depende do olhar. Os olhos não lêem, vêem. Aquilo que informa o amador não é uma lenda, aqui falaciosa, mas uma encenação, uma organização, um quadro, o jogo de outros olhares (os *putti*, a estátua), que conduzem todos a um lugar único: este corpo que goza. Em gozo e surpreendido porque se tornou ausente, indiferente ao mundo. A clarabóia evoca o olhar escondido, indiscreto, a estátua inerte se anima para olhar, a própria luz designa o que há para ver: a gravura é um espaço cênico, um quadro deste corpo que se abandona, deste quadril tenso, desta mão dissimulada, invisível sob o drapeado da saia mas, não obstante, tão realmente presente que dá vida a esta forma inerte. Leitora deste *Midi*, leitor de livros eróticos, amador de gravuras, estátua aparentemente petrificada na bela pérgola, eis-vos aqui reunidos: vós sois, cada um a seu modo, *voyeurs* e vós contais, cada um à sua maneira, uma mesma história. Não se atinge o gozo senão por meio desse olhar que rouba, dos corpos tomados pelo desejo, seu segredo. *Le midi*, pelo tema, pela sua encenação, pela posição do olhar que impõe ao observador, prova-o amplamente.

A ENCENAÇÃO TEXTUAL: TISSOT, BIENVILLE, RÉTIF DE LA BRETONNE E DIDEROT

A gravura não é a única a indicar, pelos seus próprios meios (claros-escuros, fragmentação, distribuição de elementos no espaco gravado, relações do olhar entre os objetos presentes), este efeito, imediato e ativo, da leitura do livro erótico. A medicina, é claro, e muito particularmente a patologia sexual que começa a surgir com o pensamento das Luzes – pensemos no papel do livro em tratados como *L'onanisme, dissertation sur le maladies produites par la masturbation (O onanismo, dissertação sobre as doenças produzidas pela masturbação)*, do doutor Tissot, publicado em 1760, ou *La nymphomanie ou traité de la fureur utérine (A ninfomania, ou tratado sobre o furor uterino)*, do doutor Bienville, publicado em 1771[1], que insiste sobre o papel das más leituras na gênese do excesso sexual. Maus domésticos, más leituras explicam por si mesmos os maus hábitos. Médicos e confessores disso estão amplamente convencidos. Os manuais dos confessores lembram a extrema atenção que se deve prestar à leitura e não se pode compreender a existência da censura se se esquece a influência (nefasta, evidentemente) do livro que ela deixa subentender. Denuncia-se o livro obsceno do ponto de vista religioso, médico ou social, ele é perseguido e interdito, com a convicção de que exerce uma influência perigosa e conduz a excessos destruidores, à transgressão das leis, ao pecado contra a carne, à desonra física e moral. O século é unânime para condenar esse livro. E é bem o paradoxo dessa época do livro triunfante. Os filósofos denunciam os livros dos fanáticos; a Igreja, os escritos dos filósofos e os livros licenciosos; os homens de arte, juristas e médicos, todos os livros que incitam à devassidão, corrompem os costumes e incitam o indivíduo contra as leis. As pessoas se posicionam sempre, ao mesmo tempo, como defensoras e acusadoras do livro, pondo-o em causa cada vez que ele exerce uma influência boa ou má, conforme o caso. No que concerne ao livro erótico, não é absolutamente preciso referir-se às autoridades: a experiência comum basta. Rousseau, nas *Confissões*, lembra sutilmente os efeitos provocados pela leitura dos livros eróticos evocando "estes perigosos livros que uma bela Dama de qualquer parte do mundo considera incômodos, pelo fato de que só podemos, diz ela, lê-los com uma das mãos" (Livro I).

A literatura romanesca nos dá um testemunho desse efeito brutal da leitura do livro licencioso. Devemos citar aqui como texto exemplar[2], apesar de sua extensão, este fragmento do livro *Monsieur Nicolas*, de Rétif de la Bretonne:

---

1 A célebre obra do doutor Tissot, *L'onanisme, dissertations sur les maladies produites par la masturbation*, data de 1760. Há uma edição moderna apresentada por Théodore Tarczylo, Paris, Le Sycomore, 1980. A obra do doutor Bienville, *La nymphomanie ou traité de la fureur utérine*, foi publicada em 1771. Desta eu editei uma edição moderna, Paris, Le Sycomore, 1980.

2 Nicolas Edme Rétif de la Bretonne, *Monsieur Nicolas ou le cœur humain dévoilé*. Edição de Pierre Testud, Paris, Gallimard, Bibliothèque de la Pléiade, 1990, 5ª época, p. 1042-4.

Eu disse que era fiel a Zéphire em relação às suas companheiras. Esta verdade induziria aqui ao erro. É preciso dizer tudo, se não quero enganar. Eis aqui ainda uma de suas torpezas [entenda-se, do livro erótico], ainda mais surpreendente porque aconteceu num período de castidade e porque nada parece tê-la provocado. É uma terrível tempestade no meio da bonança, é um sonho horrendo em uma noite suave e calma... Eu respeitava o que havia prometido e abstinha-me de outras mulheres; eu vivia mais do que nunca ajuizadamente e começava a conceber que poderia habituar-se a isso. Mas o que vai mostrar o perigo de livros como O porteiro dos cartuxos, Teresa filósofa, A religiosa de camisola *e o resto, é o erotismo súbito e terrível que eles excitaram em mim depois de uma longa abstinência!... Um célebre libertino, este Molet de quem já falei, antigo camarada de Mandrin e meu co-pensionista na casa de Bonne Sellier, viera me ver uma manhã de domingo, quando eu ainda estava na cama, e trouxera-me o primeiro destes livros, que eu tinha apenas entrevisto na casa da Massé. Vivo, ardente, curioso, eu o peguei arrebatadamente e comecei a lê-lo na cama, eu esquecia tudo; mesmo Zéphire. Depois de umas vinte páginas, eu pegava fogo. Manon Lavergne, a pequena costureira da rua Notre-Dame, que conheci nos tempos de Rose Vignon, ao falar-lhe à sua janela, vizinha da de nossa tipografia... Manon Lavergne, parente de Bonne Sellier, veio, da parte desta antiga hospedeira, trazer a minha roupa e a de Loiseau, que Bonne continuava a lavar. Eu conhecia o comportamento de Manon, desde nossa aventura na casa de sua mãe (aventura que apenas citarei, remetendo ao* Drama da vida*), com os irmaõs dos alunos de sua mãe... Eu me joguei em cima dela. A moça não opôs grande resistência...*

Depois de sua partida, retomei a leitura... Meia hora depois, apareceu Cécile Decoussy, amiga de minha irmã Margot que vinha de sua parte, saber por que ela não me via mais... Sem respeito pela situação desta jovem loira (ela ia se casar), nem à maneira atroz com que eu desrespeitava minha irmã, através de sua amiga, eu ataquei-a com tanto furor que, tão amedrontada quanto surpreendida, ela me supôs louco, enraivecido... Ela cedeu, depois de implorar nos meus joelhos para me fazer mudar de idéia. Retomei minha leitura funesta...

Cerca de três quartos de hora depois, chegou Thérèse Courbuisson, rindo, brincando: "Então, onde está este preguiçoso?... Ainda na cama!..." E ela veio me fazer cócegas. Eu a espreitava. Tomei-a quase no ar como uma pluma que flutua, e com uma das mãos, trouxe-a até mim. "Oh sim! depois do que você acaba de fazer a Manon! Um belo homem!..." Ela estava possuída antes de terminar e, como era muito sensível ao físico, ela fez mais do que me ajudar... Finalmente, ela se desprendeu de meus braços, porque ouviu subir meu hóspede... Saiu, deixando a porta aberta... Eu terminava minha leitura... A cama tinha-me aquecido; os três gozos precedentes, naquele momento, foram apenas um estímulo para os meus sentidos; aliás, a espécie de violência que eu acabava de cometer reduplicava minha efervescência. Eu me levantava com a intenção de ir procurar Zéphire, de levá-la para o meu quarto e de com ela me entregar à minha raiva erótica... Neste momento, alguém arranha a porta, que eu tinha apenas encostado. Estremeci, pensando que fosse Zéphire. "Quem é?", gritava. "Entrai." "Séraphine", diz uma voz que pensei reconhecer... Fremi! Pensei que fosse Séraphine Destroches, vindo reprovar meu comportamento para com sua amiga Decoussy. "Quem é?", repetia. "Séraphine Jolon." Com este nome, eu tinha conhecido apenas a bela governanta de um pintor, nosso vizinho na rua das Poulies, e eu lhe havia dito palavras meigas umas duas vezes, mas Lagerville chegou de repente; em seguida, Jeannette Demailly, e eu saí da casa. Tranqüilizado, abri a porta. Era ela... "Eu venho", disse-me esta bela moça, "da parte da senhorita Fagard, atualmente Madame Jolon, minha cunhada, que vos pede o favor de apresentar-me e de recomendar-me à senhorita Delaporte, que muito vos considera, e que pode me prestar um grande favor!" "Agora mesmo", disse-lhe; "sentai-vos, minha bela vizinha..." Ela era charmosa! Virando-se, deu mostra de curvas perfeitas... Agarrei-a, deitei-a. Ela quis se defender. Isto foi como o óleo no fogo... Nem tive tempo de fechar minha porta. Eu terminei, eu recomeçava... "Eu... não... vos... disse", gaguejava Séraphine, "que... minha irmã Jolon... me esperava..." Como esta idéia ia me fazer triplicar... eu estava como um

> *f... quando empurraram a porta... Era Fagard, oh, oh, bela... "A... mim!... A mim!..." gritou-lhe Séraphine, prostrada... Deixei-a descoberta; ergui-me, empurrei a porta com um dos pés, fiz cair a provocante morena sobre meu leito e, mais pasmada que vencida, submeti-a a um sexto triunfo tão vigoroso quanto o primeiro, animado que estava pelo ardor de minha imaginação... mais eficaz que todos os* satyrions...
>
> *[...] Eis o efeito das leituras eróticas. Mas eu conheço um livro ainda mais perigoso do que os que já citei: é* Justine, *ele incita à crueldade: Danton o lia para se excitar.*

A parte do fantasma e a do exagero não podem, nesta impressionante passagem de *Senhor Nicolas*, anular a crença bem enraizada de que o livro obsceno obriga à passagem ao ato. Nada pode interromper ou restringir seus efeitos: nem o corpo, nem o coração, nem a moral, nem o fisiológico. E o texto indica que o herói se esquece até de fechar a porta. Fogo da paixão e, por que não, desejo secreto de ser visto. Tudo se passa como se bastasse uma simples leitura para fazer reacender um desejo que a realização do ato sexual deveria ter satisfeito. O livro é mais forte do que todas as resoluções. Contra ele, não prevalecem nem um "período de castidade", nem a vontade de abstinência. A leitura é descrita como "uma tempestade terrificante no meio do bom tempo, um sonho terrível numa noite suave e calma". Nada lhe resiste: nem as resoluções; logo, nem o fato de começar a acostumar-se ("Eu vivia mais ajuizadamente do que nunca e comecei a conceber que se poderia habituar-se"). Ela excita a curiosidade, o desejo latente. "[...] Peguei-o arrebatadamente e comecei a lê-lo na minha cama ....depois de umas vinte páginas, eu pegava fogo." Pode-se notar que a relação com o livro erótico não é da ordem do cultural. Ela faz parte do desejo ("peguei-o arrebatadamente"). Lido com paixão, seus efeitos são imediatos: "Depois de umas vinte páginas eu estava pegando fogo". Uma maneira de dizer que a leitura não age sobre o moral ou o psicológico, mas mais diretamente sobre o físico. O desejo de gozar é aí bem real, possuindo este leitor que se tornou outro, disposto a tudo para satisfazê-lo. A primeira mulher que aparece é a primeira vítima. "Eu me joguei sobre ela." Mas pode-se dizer que qualquer uma serviria. A satisfação obtida é totalmente temporária: o livro parece ser mais forte do que a própria realidade do abrasamento do corpo. O real é como que impotente para satisfazer este desejo nascido do imaginário. "Retomei a leitura." Nova leitura e nova vítima. O efeito do livro é o de deixar louco, "eu ataquei com tanto furor, que, tão amedrontada quanto surpreendida, ela me acreditou enraivecido..." A leitura induz praticamente ao estupro. Nada mais de jogo galante, de sedução, agora se trata do imediatismo do desejo que não dá nenhuma importância ao acordo do parceiro. O desejo de gozar é uma urgência de outra ordem. "Ela cedeu, depois de implorar nos meus joelhos para me fazer mudar de idéia." Mas o desejo de ler, confundido com o desejo de gozar, também fica sempre insatisfeito. "Retomei", observa Rétif, "minha leitura funesta." Ele decuplica as forças e permite alcançar uma potência sexual fora do comum e até então jamais atingida. "Oh, sim!" confirma a terceira vítima, "depois do que você acaba de fazer a Manon! Um belo homem!..." E o Senhor Nicolas, uma vez o ato consumado, ainda insatisfeito, termina sua leitura. "Os três gozos precedentes", reconhece ele, "foram apenas um estímulo para os meus sentidos." Os termos empregados, "violência", "raiva erótica", "efervescência", traduzem a superação de si mesmo, a animalidade em ação ou a sobre-humanização. Haverá uma quarta, uma quinta e uma sexta vítimas. Para esta última, Rétif observa: "Eu a submeto, tão vigorosamente quanto à primeira, a um sexto triunfo".

Aqui tudo é fruto da imaginação. Deixa-se de ler, e o desejo se extingue como se estivesse saciado. A conclusão impõe-se por si mesma: tudo resulta da leitura. "Eis o efeito das leituras eróticas", constata, à guisa de moralidade, o Senhor Nicolas, como para bem ressaltar a lição a ser tirada da narrativa. Pois, para além da complacência ostentada por uma virilidade bastante extraordinária, que Rétif está felicíssimo em reivindicar e exibir, o herói desta passagem é, evidentemente, o livro erótico que transforma em epopéia as proezas carnais de um leitor sob sua influência. Notemos finalmente a ambigüidade de um tal episódio: o desejo nascido da leitura é denegrido – Rétif não observa que o mau sujeito que lhe empresta este livro obsceno fazia parte do bando de Mandrin? – e, ao mesmo tempo, exibido como uma proeza que permite atingir uma qualidade de prazer inatingível de outro modo.

Trata-se, pois, de confessar publicamente o que cada um deve saber: a força incitativa, até a loucura, do livro erótico. Ele infringe as determinações fisiológicas – o excesso sexual não conhece mais limites –, as limitações sociais. Nada pode interromper o desejo: nem a familiaridade, nem a inocência, nem a distanciamento do parceiro, nem mesmo o receio de ser surpreendido e, é claro, nem as obrigações morais. Submisso ao livro, o homem não sente mais nem remorso nem piedade: ele precisa gozar. Torna-se infiel, copulando sem discriminação com todas as parceiras que a ele se oferecem. O livro transporta a uma outra realidade que suprime o real para povoá-lo com uma vontade obstinada: este desejo a satisfazer. "Esquecia tudo, mesmo Zéphire." A leitura erótica faz passar da ordem do racional, do equilíbrio e da moral ao universo implacável da paixão devoradora. A primeira a chegar, depois, a segunda até a sexta servirão. A questão não é mais escolher ou mesmo escutar a fala do outro, um único discurso invade o mundo e o habita: o do gozo.

Força do desejo, sem dúvida, mas antes de tudo força da leitura que o engendra e exerce uma influência da qual ninguém pode escapar. O livro impõe um comportamento e impede toda lucidez e toda análise. Ele abole o tempo passado e instala num presente que reduz, pelo jogo do desejo, o futuro a uma intensidade única. Ele distorce o próprio mecanismo da leitura que implica escolha e jogo. Impõe um só e único comportamento. Incapaz de satisfazer o desejo que suscitou, ele obriga o leitor a sair do mundo imaginário para impor a lei do livro ao mundo real. Se as ofensivas se sucedem, deve-se ver nisso tanto uma obsessão própria de um imaginário indócil, cumulativo e hiperbólico, quanto uma alegoria narrativa do desejo jamais saciado, fênix sempre renascente, uma valorização da especificidade da imaginação erótica em ação no processo de leitura, mais forte do que o próprio real, ao qual ela remete, em vão.

A descrição do efeito de leitura do livro erótico não tem sempre esse vigor romanesco e, por que não o dizer, fosse ou não voluntário, esse humor. Quando o doutor Tissot descreve em O *onanismo* os doentes que a masturbação conduziu ao último grau de consumpção, ele não deixa de assinalar a influência dos livros no desenvolvimento da doença, sem, por outro lado, fornecer detalhes. A encenação narrativa está, para ele, primeiramente, a serviço da descrição dos estados mórbidos e dos sintomas da doença. Em suma, ela é, neste caso, um simples fato de escrita. Tissot não ignora a importância do livro na gênese do vício. Não reconhece ele que um dos meios de curar os onanistas é o de interditar a leitura e "sobretudo severamente todas as que poderiam evocar em suas lembranças idéias; em sua imaginação, objetos, que, seria desejável, tirassem da memória?"[3]. Está-se longe da exaltação do texto de Rétif, conforme uma lógica do proibido empregado pelo próprio tratado médico. O tom se pre-

3 Tissot, *op. cit.*, p. 111.

tende científico e em oposição aos efeitos romanescos. A causa é entendida e a conclusão construída como um diagnóstico: "Tudo o que posso dizer é que o ócio, a inação, as longas estadas na cama, uma cama muito macia, uma dieta suculenta, aromática, salgada, vinosa, os amigos suspeitos, as obras licenciosas, sendo as causas mais próprias a induzir a estes excessos, o cuidado para evitá-los nunca será excessivo"[4]. Entre Tissot e a *Ninfomania* de Bienville, não há grande diferença. Neste, evoca-se sob o tom mais douto possível o caso de Lucile, donzela de Lyon, enfatizando a importância – causa e sintoma – dos livros lidos por ela (assim como dos que ela se recusa a ler): "Os livros piedosos e instrutivos lhe causam vapores; ela não lê nada além do *Paysan parvenu (O camponês arrivista)* ou outras obras do gênero, que nutrem em suas veias o veneno e o triste fogo que a consomem; e no seu espírito, as perigosas e loucas esperanças que o obsedam"[5]. Notaremos, para concluir este assunto, que, sobre um mesmo objeto, a linguagem dos romancistas tem muito mais alcance do que as frias e, na maioria das vezes, pretensiosas sentenças dos homens de ciência.

Não recearemos aqui entediar o leitor: sabemos, por Rétif e por muitas testemunhas, que a leitura dos livros eróticos como "*mise en jambes*" (aquecimento) para os clientes das casas de prostituição era, sob o Antigo Regime e, provavelmente, muito depois, uma prática corrente. O senhor Nicolas conta que, tendo ido à casa da Madame Massé, "cafetina" instalada na rua des Frêtes, ela lhe propôs uma de suas clientes e, para acalmar sua espera, deu-lhe um livro "com figuras para se divertir". "Fazia um pouco de frio nesta noite. Instalei-me ao lado de uma lareira, em uma espécie de sofá, e peguei o livro com as figuras. Era D.B. *(Dom Bougre, porteiro dos cartuxos)*, que eu conhecia apenas de nome. Li-o rapidamente. Eu estava no trecho em que Saturnin com a pequena Suzette olhavam por uma fenda do tabique o que se passava no quarto de Toinette, quando a porta se abriu"[6]. "Encontraremos o mesmo tipo de cena em *Margot, a remendeira, Teresa filósofa* ou ainda *O levantar da cortina ou a educação de Laura*. O livro erótico, enquanto incitador, faz parte do cerimonial das casas de prostituição e constitui uma etapa necessária da iniciação amorosa. É por meio dele que as principiantes apren-

4 Tissot, *op. cit.*, p. 124.

5 Bienville, *op. cit.*, p. 73.

6 Rétif de la Bretonne, *op. cit.*, p. 73.

dem o abc da profissão, que os clientes se preparam "para os prazeres" e que os moços inocentes descobrem as vertigens de seus primeiros ardores. O romance erótico se põe em cena como episódio narrativo para sua grande glória, e como para se legitimar. Admitiremos também que nos *Cento e vinte dias de Sodoma*, de Sade, a narração das contadoras de histórias é o equivalente falado do livro erótico de tradição incitativa e pedagógica. Finalmente, assinalemos que os tratados médicos põem no mesmo plano os maus livros lidos por adolescentes e os maus exemplos que lhes dão os empregados domésticos, contando-lhes suas aventuras e, depois, iniciando-os ao prazer. Efeitos do conto oral e do livro lido parecem aqui se confundir, sem que se possa, de resto, comparar a brutalidade do efeito da leitura com a lenta penetração dos contos e da narrativas contadas.

O LEITOR COMO *VOYEUR*

Aí está, pois, amplamente demonstrado, por vezes como um efeito de abismo, o poder do livro erótico; e talvez também demonstrado e revelado seu funcionamento, esse condicionamento que ele impõe a seu leitor, essa coerção que ele exerce sobre o desejo. Falta tratar agora, por meio de alguns exemplos literários, da encenação deste erotismo, tal como ele ja apareceu na citada gravura de Ghendt.

Tudo aqui se funda no olhar. É preciso "mostrar" pela escrita. O livro só pode engendrar o desejo de gozo descrevendo os corpos oferecidos ao desejo e estimulando-o, ou encenando o quadro de gestos e as atitudes do próprio gozo. Está aí a origem de sua própria tensão e talvez de seu poder inegável e, em suma, estranho.

Lembraremos, para começar, como uma preliminar, *Le paysan parvenu (O camponês arrivista)* de Marivaux. O herói, Jacob, é um camponês que veio para a cidade, sólido e astucioso, robusto, sempre pronto a aproveitar-se das coisas e das pessoas, disposto a agarrar a ocasião, prestando serviço, respondendo a um sorriso, dando boas respostas, oferecendo seu braço vigoroso a uma donzela que desmaia na Pont-Neuf, apresentando sua espada, mesmo desastrada, ao serviço de um homem assaltado por alguém... É a história de uma ascensão social que conduz Jacob do servico doméstico à riqueza graças ao amor das mulheres e ao apoio dos poderosos. Pois Jacob inspira nas mulheres que encontra meigos sentimentos e desejos bem concretos. Seu físico viçoso, sua ingenuidade campestre de que ele faz uso, sua proximidade do campo, que parece prometer uma vivacidade amorosa que a educação moral, o sentido das conveniências comprometeram nos outros, seduzem as mulheres já maduras que encontra. Mas *Le paysan parvenu* é também a narrativa de uma aprendizagem amorosa. Jacob aprende a amar e a sofisticar seu desejo; e pode-se ler o romance como o esboço de um brasão do corpo feminino. Primeiramente, Jacob descobre a beleza do busto (o da mulher do financista) entrevisto no recorte de um decote cavado; em seguida, a beleza de uma perna que se desvela e mostra sua perfeição sob uma anágua ousadamente levantada.

À sua maneira, *Jacques, o fatalista*, pela boca de Jacques, mostra que não há provocação de desejo senão pela exibição do corpo, a encenação da relação amorosa como um espetáculo destinado a ser visto. É a narração das paixões de Jacques e da senhora Suzon contrariadas pelo vigário do lugarejo.

> Jacques: *[...] Eu estava na granja de Suzon sozinho com ela.*
> O Mestre: *E tu não tinhas responsabilidade nenhuma nisso?*
> Jacques: *Não. Quando o vigário chega, fica mal-humorado, resmunga, pergunta imperiosamente a Suzon o que ela estava fazendo ali, num face-a-face com o mais devasso dos rapazes da aldeia, no lugar mais recuado da cabana.*
> O Mestre: *Pelo que vejo, tu já tinhas reputação.*
> Jacques: *E bem merecida. Ele estava realmente zangado; a este propósito, ele ainda acrescentou outros bem menos corteses. Eu me zango também. De injúria em injúria, passamos às vias de fato. Agarrei um forcado, passei-lhe entre as pernas, um dente aqui, um dente lá e o joguei sobre o palheiro, nem mais nem menos, como um feixe de palha.*
> O Mestre: *E este palheiro era alto?*
> Jacques: *De dez pés, pelo menos, e o pequeno homem não teria descido dali sem quebrar o pescoço.*
> O Mestre: *E depois?*
> Jacques: *Depois, eu tiro o fichu de Suzon, pego seu pescoço, acaricio-o, ela se defende assim. Lá, havia uma sela de asno, cuja comodidade nos era conhecida, eu a empurro contra esta sela.*
> O Mestre: *Tu levantas suas anáguas?*
> Jacques: *Eu levanto as anáguas.*
> O Mestre: *E o vigário via isso?*
> Jacques: *Como eu vos vejo.*
> O Mestre: *E ele se calava?*

> *Jacques: Mas não, por favor! Não se contendo mais de raiva, ele começou a gritar: A mor... a mor... morte! ao fogo... ao fogo... fogo...! ao la... ao la... ao ladrão!..." E eis que o marido, que imaginávamos longe, vem acudir.*

Está tudo aí. E, sobretudo, o quadro erótico organizado em torno do gestual amoroso do casal, o olhar que percebe os corpos apaixonados sem poder participar, a não ser pelo seu desejo, do prazer destes. No fundo, pouco importa aqui que o espectador seja um vigário. Aliás, é ele tão rigorista quanto sua função dá a entender? Diderot no-lo descreveu com cuidado: "Gritando, espumando, debatendo-se, com a cabeça, com os pés, mãos, com todo o corpo e pronto a se jogar de alto a baixo do palheiro", ou ainda "Era uma espécie de anão, corcunda, encurvado, gago, caolho, ciumento, devasso, apaixonado e talvez amado por Suzon; era o vigário da aldeia". Desde então, tudo fica perfeitamente claro. Jacques aciona a organização narrativa do nascimento do desejo: exibição e olhar, aqui solicitado e não um resultado forçado. O essencial é dito. O discurso do prazer, ausente nesse caso, tornou-se inútil e é somente formulado em *Jacques* através dos jogos de palavras ou de frases espirituosas.

> *Eu estava por baixo dela, no papel da podadeira no mato de corte, e Suzanne dobrava suas pernas, aproximando seus calcanhares das nádegas, os joelhos erguidos encurtavam ainda mais suas anáguas e eu, ainda sempre como a podadeira no mato, sem enxergar nada, eu continuava golpeando e, na maioria das vezes, fora do alvo. Finalmente, Suzanne me diz: "Jacques, você não vai terminar logo?*
> *— Quando vós quiserdes, Madame Suzanne.*
> *— E tu não vês, disse ela a meia voz, que eu quero que tu termines?..." Então, eu terminei, retomei fôlego, e terminei ainda; e Suzanne...*
> O Mestre: *Tu perdias a virgindade que tu não tinhas?*

Poder-se-iam multiplicar os exemplos desse tipo de escritura, sem dúvida muito espirituosa, mas pouco explícita. Com Justine: "Eu não sei se eu a violava, mas tenho certeza de que não lhe fiz mal e muito menos ela a mim". Com Agathe: "[...] eu não oponho resistência, deito-me, deixo-me sucumbir pelas carícias, correspondo-as. Eis-me o mortal mais feliz que já existiu no mundo; eu o sou ainda, no momento em que..." Que pobreza, se comparamos isso com a descrição dos corpos exibidos ou sugeridos ao olhar ou à encenação da espera e do desejo. Nenhum leitor de *Jacques* esquecerá a cena entre Jacques e Denise: "Eu a puxei pelo braço, aproximei-a de minha cama, tomei um dos seus pés e pus na beirada da cama, suspendi suas anáguas até o joelho, onde ela as mantinha apertadas com as duas mãos; beijava sua perna, nela amarrei a liga que eu segurava; e, mal ela estava amarrada, Jeanne, sua mãe, entrou". E, provavelmente, menos ainda a evocação da lenta carícia, aparentemente medicinal, que Denise, munida de um lenço macio, faz no joelho convalescente de Jacques:

> *[...] Ele sofria ainda de uma forte comichão no joelho. Denise se ofereceu para aliviá-lo; ela pegou um pequeno pedaço de flanela; Jacques pôs a perna fora da cama, e Denise começou, com a flanela, a esfregar abaixo da ferida; primeiro com um dedo, em seguida com dois, com três, com quatro, com a mão inteira. Mas não bastava ter acalmado a coceira embaixo do joelho, sobre o joelho, era ainda preciso aliviar mais acima, onde se fazia sentir vivamente. Denise encostou sua flanela acima do joelho e começou a esfregar a região com muito mais firmeza, primeiro com um dedo, com dois, com três, com quatro, com a mão inteira. A paixão de Jacques, que não parava de olhá-la, cresceu a tal ponto, que este, não podendo mais resistir, precipitou-se sobre a mão de Denise e... beijou-a.*

A queda final restritiva e, ao mesmo tempo, cheia de subentendidos, a seqüência proposta ao leitor insatisfeito ("Se vós não estais satisfeitos com o que vos revelo das paixões de Jacques, leitor, fazei melhor, eu consinto...") provam que o essencial não é a posse, mas sim esta tensão do desejo.

Está aí toda a diferença da escritura erótica, altamente sintomática e autodemonstrativa, de *Jacques, o fatalista*, mesmo se não se trata, propriamente falando, de um romance erótico, no espírito que é próprio das *Jóias indiscretas*, cuja reputação enquanto obra licenciosa é, aliás, muito superior à de *Jacques*. A ficção das *Jóias* é baseada num jogo de palavras autorizado pelo próprio vocabulário erótico[7],

7 O vocabulário amoroso conserva traços disso quando evoca "*les bijoux de famille*" e outros penduricalhos e pingentes...

das jóias/*bijoux* (designando o sexo) ao *bijou*, o anel de Mangogul que permite aos sexos das mulheres confessarem suas aventuras passadas. Sobre esta base léxica, tudo pode ser dito por alusão ou deslocamento de sentido. Deste modo, as jóias serão altares "freqüentado(s), escangalhado(s), abandonado(s), deteriorado(s), perfumado(s), mal-servido(s), enfadonho(s)"[8]... As trinta tentativas do anel mágico de Mangogul ordenam os capítulos construídos de maneira idêntica: trata-se de mostrar a contradição entre as aparências e a realidade confessada pela jóia, até conseguir dizer com ajuda de uma contaminação léxica e semântica, por meio uma elipse ou por simples evocação de nomes masculinos, as paixões inesperadas, escondidas ou proibidas. A engenhosidade verbal diverte, provoca o riso, mas em nenhum caso perturba ou provoca um desejo de gozo. Estamos no registro do galante e do gracejo, e bem longe do obsceno ou mesmo do erótico. E, desta maneira, a posição reservada ao leitor não é aqui a coercitiva da leitura do livro pornográfico. O processo de leitura traz por si mesmo a satisfação da necessidade que ele cria. Não há necessidade de retornar ao real. O texto basta a si mesmo: a qualidade do jogo de palavras, a habilidade de evocar sem dizer e de contaminar de licenciosidade as palavras mais alheias à própria licenciosidade. Evidentemente nada de corpos oferecidos e nem de agarramento inesperado. Aqui, a violação é lingüística: trata-se de fazer confessar os amores secretos, e não descrevê-los.

Pois o essencial no romance erótico, como o enfatizam muitas páginas de *Jacques, o fatalista*, é o corpo, exibido numa espécie de distanciamento e, ao mesmo tempo, surpreendido contra sua vontade; por sua vez, cúmplice e reticente. Lembremo-nos, logo no início do romance, da queda da camponesa que o cirurgião loquaz, encontrado por Jacques e por seu mestre, carrega na garupa. "E voltando-se para demonstrar, ele empurra sua companheira, faz-lhe perder o equilíbrio e joga-a ao chão, um pé preso na aba de sua vestimenta e as anáguas recobrindo sua cabeça." O texto acrescenta um pouco depois, criando uma espécie de efeito retroativo: "Pois finalmente esta camponesa era bonita por baixo da roupa. Jacques e seu mestre se deram conta disso; o amor nem sempre esperou uma ocasião tão sedutora". Tudo está indicado quanto ao mecanismo de desvelamento erótico: uma centelha de carne entrevista, o voyeurismo sugerido, a parte do sonho e do desejo. Em *Jacques*, formigam estas descrições

8 Todos estes adjetivos são empregados no Capítulo VII dos *Bijoux indiscrets*.

exemplares: a moça seminua para comprometer o ingênuo Richard, dona Suzanne sentada no talude se desvelando para Jacques, Justine na penumbra do sótão do filho Bigre... E como um desfecho exemplar, esta evocação de um esboço em poucas pinceladas que se poderia propor a Fragonard:

> O Mestre: *[...] Descreva-me teu quadro e seja breve, pois estou caindo de sono.*
> Jacques: *Imaginai-vos diante da fonte dos Inocentes ou próximo da porta de Saint-Denis; são dois acessórios que enriquecerão a composição.*
> O Mestre: *Já estou lá.*
> Jacques: *Vede no meio da rua um fiacre capotado, com a correia quebrada.*
> O Mestre: *Eu o vejo.*
> Jacques: *Um monge e duas jovens saíram dali. O monge foge apressadamente. O cocheiro se apressa a descer de sua boléia. Um canicho do fiacre começou a perseguir o monge, e agarrou-o pelo jaquetão; o monge faz o que pode para se desembaraçar do cachorro. Uma das moças desalinhada, os seios descobertos, se dobra de tanto rir. A outra moça, que fez um calo na testa, está apoiada contra a portinhola e aperta a cabeça entre as duas mãos. Enquanto isso, o populacho se aglomerou em tumulto, garotos correm e gritam, vendedores e vendedoras se puseram às portas de suas lojas, e outros espectadores olham de suas janelas.*

Todos os elementos estão reunidos: o corpo seminu, surpreendido e a presença dos olhares indiscretos, esses espectadores que são somente o índice da postura reservada ao leitor em face dos corpos descritos. E não é por acaso que o Mestre, figura delegada do leitor no processo romanesco, em que Jacques, que relata suas paixões, desempenha o papel de narrador, confessa gostar dos quadros narrativos, já que ele não entende nada de cores nem de escolas. Aí temos a chave da narrativa erótica: a composição em quadro, uma solicitação do olhar, um chamado insistente ao amador para que ele se ponha suficientemente à distância para enxergar bem, admirar e escrutar. Assim, a narrativa erótica deve ser concebida como uma pintura que se olha indiscretamente, uma imagem furtiva, uma espécie de estranha câmara escura, uma percepção através de um rombo, em que tudo se passa como se os modelos não tivessem consciência de serem vistos ou, então, absorvidos pelo prazer, fizessem de conta que não houvesse testemunha[9]. No balé de corpos organizado pela narrativa erótica, se existe uma testemunha aceita, sempre se tratará de uma testemunha ativa participando plenamente da ginástica voluptuosa. O simples *voyeur* é excluído. Melhor dizendo, ele não pode fazer parte da narrativa erótica – muitos exemplos o provam –, a não ser que se apodere furtivamente de uma intimidade. O quadro é então percebido através de uma lucarna, de um buraco de uma porta dissimulada, um espelho sem aço, um interstício. O que não significa que a testemunha indiscreta seja insensível àquilo que vê. O quadro percebido por ela é um convite insistente a participar dos jogos eróticos, a tomar sua parte no gozo entrevisto. Esta testemunha, inscrita na narração, é a figura por meio da qual se encena o desejo do próprio leitor.

O romance erótico seria, em essência, um romance de *voyeur*. A essa necessidade corresponderia a escrita em quadro e a encenação narrativa que lhe é própria. Mostraremos qual retórica é empregada por uma tal organização da narrativa. Esta série de constatações possibilita a compreensão de algumas distinções essenciais neste vasto *corpus* da literatura amorosa. E, especialmente, algumas das diferenças fundamentais entre romance libertino e romance pornográfico. No primeiro, nenhum acúmulo de relações sexuais, nenhuma composição em quadro, nenhuma apropriação furtiva, no sentido em que definimos este termo. O romance libertino não se propõe a produzir um efeito de desejo, mas a mostrar uma estratégia de sedução. Como obter os favores (destas que na época são denominadas as últimas) contra as proibições psicológicas, sociais, morais e religiosas? O romance libertino se baseia essencialmente na arte de convencer, pois seduzir é levar o outro a ceder às instâncias do desejo, a reconhecer, segundo um mecanismo próximo da conversão, que aquele que enuncia a lei do prazer tem razão e que é preciso a ele se aliar. Romance de dialética, e também da arte de persuadir, na qual o leitor deve ser, como o personagem que resiste, seduzido e persuadido a se render. Apesar do que já se tenha dito a este respeito, o romance libertino é assim um romance intelectual, cerebral, um romance de palavras, e não de quadros. Esquematicamente, para con-

9 Compararemos estas análises acerca da posição do leitor àquelas de Michael Fried, *La place du spectateur, esthétique et origines de la peinture moderne*. Paris, Gallimard, 1990.

cluir este aspecto, o romance licencioso começa quando o romance libertino acaba.

Diferentemente do romance libertino, o romance erótico nunca encena uma resistência ao ato amoroso. Neste não há nada mais do que corpos oferecidos, desejos espontâneos e volúpias imediatas. Se ele evoca uma resistência, é para melhor descrever um início de violação, espécie de pimenta, por outro lado, sem maior conseqüência, já que a vítima dá seu consentimento rapidamente e acaba partilhando o júbilo e os prazeres de seu agressor. A noção de obstáculo, tão essencial à narrativa libertina, é totalmente alheia ao mundo erótico. Neste, encontraremos, quando muito, obstáculos materiais, aliás, logo ultrapassados. É, de resto, esta fantasmática disponibilidade dos corpos, sempre apaixonados e sempre desejantes, que caracteriza a narração erótica e permite a acumulação de seus episódios. Não se exagera ao dizer que ele postula que mulheres e homens, a despeito da idade, da aparência física e de suas convicções morais, estão dispostos a responder ao primeiro convite amoroso. A virtude, neste, não é mais do que uma aparência e a idade, um falso obstáculo. A população romanesca do romance erótico está sempre em busca de bacanais: é característico da narrativa fornecer-lhe a ocasião de vivê-los e oferecê-los ao leitor como se fossem outros tantos espetáculos.

CAPÍTULO 4

ABORDAGENS
DE UM OBJETO CULTURAL E DE UM MEIO

Por vias indiretas, pode-se tentar uma primeira abordagem do livro pornográfico, de seu estatuto social e cultural, dos meios que o praticam, de seus autores e seus leitores. Constata-se, antes de tudo, que ele faz amplamente parte da cultura de pessoas respeitáveis. Por exemplo, da de Pierre Bayle, que não ignora nenhum de seus segredos e, como se sabe, a estes faz muitas referências, no *Dicionário histórico e crítico*, a ponto de citar uma dada obscenidade de Clément Marot comparando-a às de autores latinos, para constatar, dubitativo, que "a maior parte dos poetas [tem] o dom infeliz de se sair melhor neste do que em outros assuntos" (verbete "Marot"). Ele evoca com a mesma complacência as anedotas licenciosas de *L'heptaméron* de Marguerite de Navarre ou o Nyphus (filósofo italiano do XVI). Se ele narra com a mais escrupulosa minúcia as obscenidades históricas – como a de Catherine Sforze que, arregaçando seu vestido, mostrou o sexo a seus inimigos, que ameaçavam matar seus filhos, gritando-lhes ao mesmo tempo que ela tinha ali os meios de fazer outros –, se ele não se abstém de lembrar tal passagem pornográfica de um autor consagrado, célebre por produções mais nobres, também não ignora algumas das obras mais representativas do gênero como esta *Aloisiae Sigeae Toletanae Satyra sotadica de arcanis amoris et veneris*, de Nicolas Chorier, mais conhecida sob o título de *L'académie des dames (A academia das mulheres)*. No quarto "Esclarecimento" de seu dicionário, "Se há obscenidades neste livro, elas são do tipo que não se pode censurar com razão", ele discorre, como fino conhecedor, acerca dos graus de obscenidade, por comparação, nas diversas obras que se costuma denegrir: "*Les cent nouvelles nouvelles (As cem novas novidades)*; aquelas da rainha de Navarra; o *Decame-*

ron de Boccaccio, os *Contos* de La Fontaine não merecem o mesmo rigor que os *Raggionamenti (Argumentações)* do Aretino e *L'Aloisiae Sigeae Toletanae*". Eis aí a prova de que a erudição de um filósofo protestante abraça domínios completamente heterogêneos e, muitas vezes, inesperados. Como a maior parte dos homens de seu tempo, Bayle não desvia os olhos do pornográfico e do obsceno. Ele prova mesmo tê-los lido. Trata-se de um fato histórico? É seu dever citá-lo: a verdade não tem preconceito. Trata-se de uma obra literária? A seu ver, ela representa, de uma maneira que lhe é própria, um elemento do saber que deve ser considerado e constitui um objeto singular de reflexão acerca da literatura e dos literatos.

O século XVIII confirmará essa tendência. Não há um só filósofo que ignore a literatura pornográfica, considerada, desde então, como parte de um patrimônio. No caso de Montesquieu, um tal conhecimento é demonstrado pelas alusões ao *Templo de Gnide* e a evocação, mesmo velada, da atmosfera vaporosa do harém nas *Cartas persas*. Outra prova, se se fizesse necessário, o retrato da putaria de Veneza nos *Carnets de voyage (Diários de viagem)*[1]. Quanto a Diderot, é desnecessário citar mais uma vez esta passagem conhecida do *Sobrinho de Rameau* que faz alusão ao *Porteiro dos cartuxos* e às *Posturas do Aretino* que povoam os sonhos ardentes e insaciáveis de uma devota por obrigação. Lembremos, antes, a anedota que Diderot conta nos *Salões* a respeito de Mme. Greuze (a mulher do pintor), nascida Anne Gabrielle Babuti, filha de livreiro e mulher muito bonita, segundo seus contemporâneos, entre os quais o próprio Diderot[2].

> 117. Outro retrato de Madame Greuze.
>
> *Este pintor certamente está apaixonado por sua mulher, e ele tem razão. Eu mesmo a amei muito, quando jovem, e quando ela se chamava Senhorita Babuti. Ela se ocupava de uma pequena livraria, no cais dos Augustins; rechonchuda, branca e ereta como o lírio, vermelha como a rosa. Eu entrava com o meu o ar vivo, ardente e louco, e lhe dizia: "Senhorita, por favor, os* Contos de La Fontaine*; um* Petrônio *— Senhor, aqui estão. Não precisais de outros li-*

1 Encontrar-se-á em *Mes pensées* uma referência a Aloïsia (Masson, 74) e duas referências a Priape (Masson 220 e Masson 250).

2 Diderot, *Salon* de 1765.

> *vros? — Perdoe-me, senhorita... Mas... — Dizei sempre —* La religieuse en chemise *— Arre, senhor; será que temos, tais vilanias são lidas? —* Ah! *ah! são vilanias; senhorita, isso eu não sabia... Depois, um outro dia quando passava de novo, ela sorria, e eu também.*

Eis a prova de que se pode ser uma jovem meiga "branca e ereta como o lírio" e, tanto quanto um ardente moço bastante libertino, não ignorar o que narra *A religiosa de camisola*, e que talvez o tenha até lido? Notemos também que, como Bayle, ela respeita uma hierarquia que vai do licencioso clássico tolerado (Petrônio e La Fontaine) ao obsceno recusado francamente. De um certo modo, esta posição é análoga à desses padres que denunciam no púlpito as más obras, imorais e atentatórias aos bons costumes. Sem que, por esta razão, se possa pretender que eles tenham lido tais volumes, eles fazem, no entanto, referência a toda uma biblioteca pornográfica da qual eles querem desviar os fiéis. Voltando a Diderot e Mme. Greuze, poder-se-á objetar que o escritor pertence à boêmia literária bastante desavergonhada de seu tempo, que a senhorita Babuti é filha de livreiro e que, por razões diferentes, estes não seriam exemplos totalmente convincentes.

Seja. Mas, lendo Voltaire, admitir-se-á a existência de uma cumplicidade cultural que faz com que cada um esteja em condições de compreender uma alusão aos clássicos da pornografia sem, apesar disso, declarar-se boêmio, libertino, devasso ou guarda-livros de um acervo de livraria; que se julgue por este poema de Voltaire, *Le pauvre diable (O pobre-diabo)*, que põe em cena um infeliz em busca de uma posição no mundo:

> *Na minha residência, me falta um porteiro:*
> *Tome partido, responde-me, queres sê-lo?*
> *— Sim, sim, senhor. — Quatro vezes dez escudos*
> *Será por dia teu salário; e, além disso,*
> *de passável vinho cada dia uma pinta*
> *Reajustará teu cérebro que te tilinta;*
> *Vai a teu quarto; sobretudo, preste atenção para*
> *Que nenhum Fréron entre jamais em minha morada.*
> *— Obedecerei, sem demora, a meu mestre,*
> *Como bom porteiro; mas em segredo, talvez*
> *Tivesse escolhido, no meu infeliz destino,*
> *Antes ser o porteiro dos cartuxos.*

Está aí a prova. Com a ressalva de que Voltaire, nas edições de 1770 e de 1775 viu-se obrigado a acrescentar uma nota: "O *porteiro dos cartuxos* é um livro cuja moral não é das mais austeras. Ali encontra-se um retrato do abade Desfontaines, mais ousado do que todos aqueles que lemos em Petrônio. Esta obra é do autor da pequena comédia intitulada o B***, e ele compôs discursos sérios para personagens dignos que não sabiam redigi-los por si mesmos". Esta nota irônica constitui, com toda a evidência, um esclarecimento duvidoso. Mais do que informar os leitores ignorantes sobre o conteúdo do *Porteiro*, ela pretende zombar de Desfontaines, comprometendo-o, e divertir-se à custa de Caylus que, se havia escrito uma comédia em prosa, em três atos *Le bordel ou le J.F. puni (O bordel, ou J.F. punido)*, publicada em 1736, nem por isso era o autor do célebre *Porteiro dos cartuxos*.

Proponhamos o seguinte como uma aquisição: ninguém o reconhece, mas quase todos aqueles que lêem os tinham lido, e muitos entre estes o confessam. Voltaire é o primeiro, na *La lettre de M. Eratou à M. Clocpitre (Carta ao sr. Eratou ao sr. Clocpitre)*[3], a denunciar a hipocrisia dos censores das traduções do *Cânticos dos cânticos*, que pretendem "que este não é feito para nossa língua", apesar de serem, segundo Voltaire, leitores atentos da *Academia das mulheres*. Uma pesquisa sistemática mostraria que Voltaire utiliza à vontade alusões à literatura pornográfica em sua correspondência. Está bem aí a prova de uma cultura comum, de um sistema de referências compartilhado que é um divertimento entre pessoas do mesmo mundo. Nisso Diderot não difere de Voltaire: o Aretino assim como *A religiosa de camisola* são referências para ele. Voltamos a encontrá-las nas *Jóias Indiscretas*, nos *Salões* ou na correspondência[4]... O Aretino está tão integrado ao patrimônio cultural pornográfico, que um livro lhe é consagrado, na época, por Pierre de Boispréaux sob o pseudônimo de Dujardin *(La vie de Pierre Arétin/A vida de Pedro Aretino,*

3 Na correspondência de Voltaire, encontram-se muitas referências à literatura pornográfica; ver a este respeito o índex da *Correspondance de Voltaire*, Paris, Gallimard, Bibliothèque de la Pléiade, Tomo XIII, 1992, em que destacaremos as referências ao *Portier des chartreux*, a *La comédie du bordel*, a *L'écumoire* de Crébillon, aos *Contos* de La Fontaine, ao Aretino.

4 Em sua correspondência, edição Georges Roth, Éditions de Minuit, Diderot faz alusão a *La religieuse en chemise* (Tomo V, p. 159, e Tomo VII, p. 151) e ao *Portier des chartreux* (Tomo VI, p. 188, e Tomo VIII, p. 231).

Haia, 1750) e que edições e traduções de sua obra se multiplicam. Os trabalhos de Robert Darnton mostraram que existe nas editoras de grandes livreiros-impressores como a Sociedade Tipográfica de Neufchâtel (STN) um acervo considerável de livros pornográficos e que, se a oferta é significativa, a procura não o é menos[5]. E isto apesar das repetidas condenações da Igreja. O *Dicionário histórico* de Moreri lembra no verbete "Aretino" que "a Igreja condena a leitura de suas obras ímpias e indecentes" e assinala que os "sonetos que ele acrescentou às dezesseis posturas infames gravadas em 1525 por M.A. Bologne, inspiradas dos desenhos de J. Romain, são de 1527". Mas tem ele necessidade de uma tal nota quando o balcão das livrarias oferece, àquele que conhece, *La putana errante?*

Admitamos, pois, que o obsceno faz parte da cultura das pessoas respeitáveis tanto quanto a literatura erudita ou leviana. E isso apesar dos interditos que pesam sobre ele, dos mandamentos da Igreja, do desdém proclamado das pessoas de bom gosto. Não é preciso lembrar que a célebre fórmula antecipada por Jean-Jacques, segundo a qual se trataria de livros incômodos porque os lemos com apenas uma das mãos, é atribuída a uma grande dama. Dupla incongruência em comparação com as normas morais e sociais. A heroína do *Caixeiro-viajante* de Chevrier é uma mulher da alta sociedade que nada ignora dos segredos da segunda prateleira. Poderíamos multiplicar os exemplos. Nossa abordagem dos autores de romances obscenos confirma largamente que a erudição (como prova a *Erotika Biblion*, de Mirabeau, ou os estudos de Dulaure sobre os cultos fálicos, as obras eróticas de Caylus, etc.), o respeito das hierarquias estéticas e literárias, a vida mundana, as novas formas da sociabilidade, na maioria das vezes, casam-se bem com o consumo da pornografia.

O exame da *Correspondência literária* de Grimm ou da *Correspondência secreta, política e literária* de Métra atesta a atenção que a opinião cultural dá à circulação dos livros obscenos, ainda que fosse para se indignar. Métra, em 18 de outubro de 1776, anuncia a publicação de *La foutromanie (A fodamania)* da maneira seguinte:

> *Quereis que eu não vos deixe ignorar a existência de nenhuma de nossas novidades e, sobretudo, daquelas que que não podem ter mais do que uma existência efêmera; eu vos*

---

5 Cf. Robert Darnton, *Édition et sédition, l'univers de la littérature clandestine au XVIIIe siècle, op. cit.*

> *direi então que recentemente apareceu impresso um Poema em versos tão bom quanto mau, cujo título é uma besteria tão grande que não ouso escrever: a F...mania. Terei ainda menos coragem de apresentar-vos trechos deste poema, na verdade, muito sujo, mas, entretanto, há nele coisas muito divertidas e até agradáveis. Jamais se deve, dizem, discutir os gostos; por isso, deixemos também ao autor sua obscenidade e seus ditos libertinos; mas mas não se poderia perdoá-lo pelo fato de se ter permitido apostrofar, de maneira tão indigna quanto caluniosa, pessoas bastante respeitáveis sob todos os pontos de vista.*

Em 22 de março de 1777, Métra, comparando os livros contra a religião ou o governo com os textos pornográficos, nota que os livros contra os costumes são "aqueles cuja publicação suscita o máximo de perigos e é mais nociva à ordem social". E constata que "os moços, principalmente aqueles para os quais estas obras podem ser mais devastadoras, procuram-nos com ardor e, em todos os estados sociais, dificilmente se encontrará um homem de boa-fé que não reconheça o quanto os livros perniciosos foram perniciosos para ele". Métra analisa, com notável precisão, o efeito produzido no leitor jovem e ardente: o papel que a imaginação desempenha, a representação em quadro, que "longe de remediar [as desordens] delas se torna uma nova fonte". Para concluir sua análise, cita as *Lettres galantes, historiques et philosophiques de deux nones (Cartas galantes, históricas e filosóficas de duas freiras)*. "A correspondência de duas religiosas, escreve ele, que conversam a respeito de prazeres criminais, cujo teatro é o lugar sagrado em que habitam, e que contém a descrição de todos os meios empregados por elas para saciar paixões que a concentração torna ainda mais violentas; é, necessariamente, o mais profundo tratado de uma libertinagem levada ao extremo." Notaremos a ambigüidade de tais passagens, à imagem da denunciada aqui, das obras que pretendem descrever o vício para torná-lo mais odioso. Pois, para além de sua severa condenação, que extraordinário efeito de publicidade para estas *Cartas galantes!* É bem difícil distinguir o que é obra da indignação virtuosa ou da fascinação hipócrita. Uma obra obscena, *Le petit-fils d'Hercule (O neto de Hércules)*, é denunciada como "enciclopédia do que já foi dito de mais sujo até hoje", mas assinala-se a sua publicação, fazendo referência, por alusão, a um outro clássico do gênero, *La cauchoise (Mulher da região de Caux)*. Poder-se-ia, deste modo, reconstituir ao longo das páginas a biblioteca pornográfica da *Correspondência secreta* através das referências implícitas ou declaradas ou dos anúncios de publicação. Biblioteca rica, já que nesta se encontram o *Porteiro dos cartuxos, Teresa filósofa, La fille de joie (A prostituta)*, o *Meursius*, evocados no fascículo de 28 de setembro de 1784, o anúncio da *Erotika Biblion*, em 1785. Isso equivale a dizer que o leitor da *Correspondência secreta* estava bem informado a respeito do obsceno e do pornográfico. Há insistentes advertências que, às vezes, valem como encorajamento.

A *Correspondência literária* de Raynal, depois a de Grimm, é, a esse respeito reveladora. Nada lhe escapa. Filosofia, ortodoxa ou francamente contestatária, romances, ensaios, diálogos, cartas assinaladas em atenção para com o leitor. Nesta, a literatura pornográfica não está ausente. Do pornográfico vergonhoso, como nesta *Art de faire des garçons (Arte de fazer filhos)*, que, muitas vezes, "não mais se contém nos limites austeros que o tímido pudor prescreve" e que acreditou dever embelezar seu assunto pouco ameno com obscenidades, ao clássico pornográfico assinalado desde sua publicação:

> *Por mais que haja uma espécie de inquisição muito severa na livraria, de tempos em tempos, saem de nossa tipografia obras tão picantes e licenciosas quanto as da imprensa da Holanda ou da Inglaterra. Atualmente acaba de aparecer uma deste tipo, intitulada* Teresa filósofa. *Três paixões constituem propriamente a base deste romance. A primeira é justificada pelo fanatismo; a segunda, pela filosofia; a terceira, pelo temperamento (...). Esta obra é escrita sem gosto, sem decência, sem sal, sem lógica, sem estilo. Ela foi ilustrada por dezoito estampas; algumas das quais, muito boas; outras, muito ruins, e todas lúbricas em excesso. Este livro é vendido ao preço de um a cinco luíses de ouro. Obras deste tipo raramente têm um preço fixo.*

Que outra informação pode querer o amador? Em um outro fascículo, indica-se a *Vida do Aretino*, de M. de Boispréaux, publicada em 1760, e contam-se numerosas anedotas sobre o Aretino; censura-se a Boispréaux o fato de não as ter incluído. Se a *Correspondência* não é explicitamente hostil às obras eróticas, ela denuncia firmemente as "produções baixas, enfadonhas e indecentes que se tornam o objeto da curiosidade e da conversação de toda Paris", como este *Siropau-cul ou l'heureuse délivrance, tragédie héroï-merdifique (Xarope para o cu ou a feliz libertação, tragédia heróico-merdífica)*, par M... [Granval filho], no Temple du goût (Templo do gosto), s.l.n.d., cuja publicação é assinalada por um longo resumo no fascículo de julho de 1751. No de outubro de 1755, anuncia-se a publicação dos *Égarements de Julie (As loucuras de Julie)* "em três pequenos volumes, um outro romance ainda mais execrável, pelo fato de que ali se aliou a corrupção do coração à estupidez do espírito. Todas estas produções ruins, observa o redator, provavelmente irônico, não chegam felizmente ao conhecimento do público, e, salvo eu e meu caixeiro-viajante, ninguém aqui conhece sua existência". Anúncio em novembro de 1755 da publicação de*l'Histoire et aventures de milord Pet, conte allégorique par Mme. Jeanne Fesse, dédié à Messieurs les vidangeurs de la ville et généralité de Paris, seigneur des basses-œuvres du programme, appartenances et dépendances (História e aventuras de milorde Peido, conto alegórico de Senhora Jeanne Bunda, dedicada aos senhores limpa-latrinas da cidade e generalidade de Paris, senhor das baixas-obras do programa, pertinências e dependências).* Passemos rápido pelo *Le frère quêteur, histoire galante écrite par lui-même (O frade pedinchão, história galante escrita por ele mesmo)*, que seria uma reedição do *Diable d'argent, histoire galante d'un frère quêteur et d'une sœur quêteuse (Diabo de prata, história galante de um frade pedinchão e de uma freira pedinchona)*, publicada em 1707 e anunciada em agosto de 1757. Para resenhar a *F...mania*, cujo título não se ousa nem mesmo escrever, a *Correspondência literária*, em julho de 1776, se pretende virtuosa. Nada de termos muito duros para denunciar a obra: "Na França, não se havia ainda levado o descaramento a este excesso, ainda que se tenha podido valer-se do exemplo do imperador Augusto, a quem este assunto forneceu um epigrama tão célebre e tão obsceno [...]. Ignoramos o autor que pôde prostituir seus talentos em favor de uma devassidão tão suja e tão grosseira". Em julho de 1780, a *Correspondência* não esconde sua admiração pela obra de Nerciat, *Félicia et mes fredaines (Felícia e minhas extravagâncias)*, salientando "que não há catecismo de libertinagem e de corrupção mais ingênuo e mais desaforado que este novo romance". O anúncio propõe um resumo:

> *É a história de uma pessoa jovem que, desde a idade de 14 anos, se entrega sem escrúpulos a todos os seus gostos; e que tem, durante muito tempo, sem o saber, a felicidade de ser a amante de seu pai, de dar a seu irmão, sem conhecê-lo, as primeiras lições do prazer, etc., e se vê recompensada, finalmente, de tanta sabedoria e de virtude por todos os favores que se pode esperar de um destino feliz.*

Não nos espantaremos de ler, na conclusão, que se trata de um "belo romance" que oferece "várias descrições infinitamente voluptuosas". Um tal anúncio permite avaliar a ambigüidade voluntariamente entretida com a pornografia pela opinião mundana e cultivada. Com bastante hipocrisia, este a denuncia, mas a cita, julga-a severamente, mas não sem complacência. Ele acaba mesmo por lhe aplicar julgamentos estéticos alheios à suas intenções para reconhecer que ela mantém suas promessas ("infinitamente voluptuosas"). Sob as aparências de um procedimento crítico tradicional, este tenta classificar e estabelecer uma hierarquia: haveria uma boa e uma má pornografia, isto é, uma pornografia inábil e grosseira como a do *Pucelage nageur (A virgindade nadadora)* (*Correspondência literária*, dezembro de 1766), "conto em versos, libertino, sujo, besta, chato, insípido, de um tom detestável", e uma pornografia infinitamente voluptuosa e bastante lúbrica (segundo a fórmula aplicada às estampas de *Teresa filósofa*). Apaixonante subterfúgio da estética que confirma, ao mesmo tempo, a circulação do livro pornográfico e seu reconhecimento pelo que ele é e pelo que pode oferecer.

Apesar de tudo, deve-se continuar a tomar precauções para falar do livro pornográfico, mostrar sua marginalidade, a grosseria, exibir uma recusa irônica de suas seduções perturbadoras. Um catálogo do livreiro Jean Mossy de Marselha, datando dos últimos anos do século XVIII – isto é, de um período em que o afrouxamento moral é patente –, o confirma. Se não é raro encontrar ali, muitas vezes em abundância, livros ateus ou julgados subversivos (*Do espírito* de Helvétius, *O bom senso* de D'Holbach, *Les lettres à Eugénie* e as *Lettres de Trasibule à Leucippe* (*Cartas a Eugênia* e as *Cartas de Trasíbulo a Leucipo*, de Fréret, du Raynal, du Mably...), é praticamente impossível ver anunciados livros eróticos ou obscenos, à exceção de *O Aretino moderno*, na edição de 1762, prova do estatuto cultural do Aretino, do qual Mossy propõe também os *Colloquium muliebre* em uma edição de 1660. A forte presença da pornografia na *Correspondência literária* ou na obra de Métra deve-se ao fato de que se trata de informações de circulação limitada: correspondência manuscrita ou, como seu título indica, memórias secretas.

Falta interrogar a propósito dos autores. Tarefa difícil, pois as obras são geralmente anônimas e as autorias, incertas ou falaciosas. Sabe-se que Mirabeau escreveu muitos de seus livros eróticos, pressionado pela necessidade de dinheiro, e pode-se imaginar que a pornografia serviu para alimentar alguns dos pobres-diabos que freqüentavam as ralés da república das letras. Estes casos são claros. Mas o que dizer daqueles que praticam o obsceno sem outra necessidade que o próprio gosto ou um interesse literário? Diderot desenvolveu, a propósito dos genros de Bouché (Baudouin e Deshays), a tese de que o gosto destes pela gravura e pela pintura licenciosas se devia à depravação de seus costumes[6], que, aliás, estas confortavam. A lei vale – estes dois artistas morreram esgotados por seus repetidos excessos – para homens como Caylus, Gervaise de la Touche, Jean Barrin ou o marquês d'Argens, autores do *Bordel ou do J.F. punido*, da *Histoire de mademoisellle Cronel, dite Frétillon, actrice de la Comédie (História da senhorita Cronel, chamada Frétillon, atriz do Teatro de Comédia)*, do *Voluptueux hors de combat (O voluptuoso fora de combate)* ("A Cythéropolis, em Pedro Aretino, tipografia da Academia das mulheres, à Vênus da Grécia"), de *Dom Bougre*, mas também das *Memórias da Senhorita de B... écrits par M***, com a arte de prolongar um livro sem o tornar aborrecido*, de *Vénus dans le cloître (Vênus no claustro)*, de *Teresa filósofa*... Se Gervaise de la Touche, advogado de seu estado, parece, só escreveu pornografia, nada disso se passou com Caylus, autor de *Mémoires sur la peinture à l'encaustique (Memórias sobre a pintura em encáustica)* (1755), *Recueils d'antiquités égyptiennes, étrusques, grecques et romaines (Seleção de antiguidades egípcias, etruscas, gregas e romanas)* de 1752-7, de uma *Vie d'Edme Bouchardon, sculpteur du Roi (Vida de Edme Bouchardon, escultor do rei)* (1762), isto é, de uma obra erudita sobre as artes e a curiosidade. A observação vale para d'Argens, que se dedicou, com o ardor que se conhece, à filosofia.

Tudo nos leva a crer que a pornografia é, em muitos casos, do domínio do divertimento. Pode-se esquecer que Anne-Claude Philippe de Tubières-Grimoard de Pestels de Levis, conde de Caylus, é também membro da Académie du Bout-du-Banc da qual participam Duclos, Crébillon e Moncrif, e que muitos escritos pornográficos são produzidos durante suas sessões? Que Jean Barrin tenha escrito *Vênus no claustro ou a religiosa de camisola*, que Lenglet Dufresnoy qualificava de "livro infame", antes de se tornar, como o queria sua po-

6 Diderot declara, em seu *Pensées détachées sur la peinture*, a propósito de Baudouin: "Um pequeno pintor de historietas ora ordinárias, ora galantes, não poderia ter mais do que um pobre papel diante de um aerópago, e é o que aconteceu a Baudouin. Ele morreu de devassidão. Eu não falaria dele assim, eu não falaria de modo algum, se ele ainda vivesse. Deshays, o outro genro de Boucher, tinha os mesmos hábitos, e teve a mesma sorte que Baudouin".

derosa família, o grande chantre da catedral de Nantes e um dos vigários gerais da diocese e de compor la *Vie de la bienheureuse Françoise d'Amboise (Vida da bem-aventurada Françoise d'Amboise)* (1784), todos estes fatos obedecem talvez a uma mesma lógica. Barrin não traduziu em versos as *Epístolas e elegias* de Ovídio e não freqüentou os meios literários? *Vênus no claustro* seria então da ordem do divertimento e um desafio, ao mesmo tempo, social e literário. Levar os modelos latinos a seus limites extremos e zombar da Igreja, na qualidade de aprendiz libertino, chegando até a atribuir a *Vênus* a um abade Duprat, foram as causas mais evidentes do jovem Barrin. O gosto do escândalo mais do que o da subversão anima a escritura pornográfica. Sem esquecer, apesar disso, que d'Argens subverteu a prática pornográfica legitimando filosoficamente seus personagens. Ora, sabe-se que a pornografia se basta, que o corpo de seus heróis dispensa razões morais ou filosóficas para buscar o prazer: basta-lhe existir. O corpo pornográfico não tem nenhuma necessidade do socorro do espírito.

O valor ou (a intenção) subversiva do romance licencioso não é facilmente mensurável. Provavelmente, pelas relações amorosas que ele encena, ele vai de encontro a normas sociais, morais e religiosas, mas isto bastaria para nos convencer de que esta seja sua primeira finalidade? Seu leitor não tem como meta principal transgredir a regra moral. Seu desejo é outro. Adivinha-se facilmente. E pode-se imaginar, sem esforço, que os amadores de livros de segunda prateleira do século XVIII não eram necessariamente espíritos subversivos que se propunham a derrubar a ordem política e social. O anticlericalismo "passional" não conduz necessariamente à revolução, como o prova a tradição das trovas. A escrita pornográfica de um d'Argens (e, de uma outra maneira, a do próprio Sade) mostra bem que a subversão moral ou religiosa deve-se a uma adjunção filosófica e não é unicamente da alçada do texto pornográfico. *Teresa filósofa* é, a este respeito, exemplar. O episódio do padre Dirrag e de sua penitente, que d'Argens relata em suas *Memórias*[7], ilustra o trabalho ao qual a escritura do pornográfico submete a anedota: aí encontraremos os procedimentos de representação em quadro, de focalização,

7 D'Argens, *Mémoires*, publicadas por Louis Thomas. Paris, Aux Armes de France, 1941. Estas memórias foram reeditadas em 1993 por Desjonquères, Paris.

de distanciamento enunciativo a que ela recorre. A pornografia, neste caso, transforma um texto irônico e denunciador, e só se torna em si mesma filosófica quando a ela se acrescenta um discurso didático e legitimador das práticas eróticas que ela encena.

Sob as aparências de sua brutal simplicidade, para além de um julgamento apressado que geralmente tem como objeto os autores licenciosos, confundidos um pouco apressadamente com seus heróis, delineia-se o universo complexo da literatura pornográfica: quer se trate de seu estatuto cultural bem real e, no entanto, remetendo ao domínio do sigilo, das motivações de seus polígrafos ou de suas relações com a filosofia e com a própria literatura. Nem totalmente igual, nem radicalmente diferente, a literatura pornográfica pertence de direito ao corpo literário, participa de seus riscos e de seus desafios, conservando, porém, uma dimensão que lhe é própria. Para concluir, nós a definiremos como a mesma e, portanto, outra.

CAPÍTULO 5

DOS PODERES DA IMAGINAÇÃO LITERÁRIA

Por meio da escrita, da leitura e da censura do romance erótico, questiona-se o funcionamento da imaginação e, em particular, o imaginário literário.

Sem, por isso, cultivar os prazeres bem conhecidos do paradoxo, pode-se afirmar, sem ironia, que o poder que censura crê, mais do que qualquer outro, na força do impresso. Se este condena os libelos, é porque continua convencido de que eles podem levar os leitores à desobediência civil, ao espírito de rebelião e, assim, pôr em perigo os poderes vigentes; se faz investigar ativamente, a pedido da Igreja oficial, os textos anti-religiosos, é porque estes lhe parecem capazes de desviar da fé; se persegue os textos licenciosos, é porque certamente estes provocam a corrupção dos costumes... Se seguimos o raciocínio do censor, todo leitor de livro licencioso é um libertino em potencial e a libertinagem, um perigo para o espírito, o coração e o corpo. Tudo se passa como se, sob o ponto de vista deste guardião da moral pública, o livro fosse investido de uma força de convicção contra a qual nada poderia prevalecer. Há, deste modo, em toda censura, sem dúvida, uma exaltação dos poderes do livro e uma denegação, totalmente extraordinária, das capacidades de resistência do espírito humano a estas formas de subversão.

Poder-se-ia dizer que a autoridade que censura e que, por este gesto, credita ao livro uma força quase sobrenatural, deveria conforme sua crença, em vez de proibir, responder ao impresso pelo impresso. Esta foi, às vezes, sua lógica. É assim que se viu o *Dicionário antifilosófico* do abade Chaudon responder ao *Dicionário filosófico* de Voltaire. *Os Cacouacs* do advogado Moreau e *Os filósofos* de Palissot aos ataques repetidos do clã enciclopédico, com as mesmas armas... Sabemos, desde Richelieu, que o Ministério não parou de pagar letrados para defender, pluma na mão, a política do poder; finalmente, poder-se-iam opor aos panfletos libertinos os numerosos escritos de apologética que formam uma parte não negligenciável da produção livresca da época clássica. Mas o que contrapor ao livro erótico? Não dá para imaginar o que poderia ser uma literatura antilicenciosa: romance pudico e sentimental, talvez, mas pode-se duvidar de que sua força de incitação seja equivalente à do romance que pretende combater. Pois não basta chorar ou mesmo enaltecer a virtude. É perigoso utilizar os temas do romance licencioso denunciando-os para deste desviar o leitor. Corre-se o risco de fazer com que o mau exemplo exerça uma sedução irresistível. Observemos que a literatura antifilosófica, não se contentando com denunciar os conteúdos dos escritos das Luzes, adota suas formas, como se o essencial do efeito da leitura se devesse mais à forma que ao conteúdo. Ora, ninguém pode ignorar o que o romance licencioso deve à sua escrita, tudo o que o efeito pornográfico lhe deve – passagem da incitação ao ato –; o que significa dizer que o romance pornográfico, pois teria evidentemente que ser um romance, deveria emprestar-lhe suas estratégias narrativas, conclusão no mínimo paradoxal e, repitamos, eminentemente perigosa. O remédio poderia ser aqui tão perigoso quanto o mal. E, entretanto, os tratados médicos aos quais se fez alusão (*O onanismo*, de Tissot, *A ninfomania*, de Bienville) utilizam para a descrição dos casos, isto é, dos efeitos nefastos da incitação e da prática eróticas, os recursos próprios da encenação em quadro e da dramatização da narrativa licenciosa. Poder-se-ia, sem exagerar, mostrar como os efeitos da dramatização empregada, por acumulação ou retomada, a visualização dos sintomas, correspondem estritamente a suas estratégias narrativas. Pois se trata de produzir um efeito de rejeição, simétrico ao afeito da incitação da escritura licenciosa. Citemos ainda, para concluir e mostrar o impasse no qual se encontra o combate livresco contra o livro erótico, uma das legitimações, evidentemente falaciosa, que se antecipam, às vezes, a seu favor, a saber – tem-se que mostrar o mal –, os infortúnios que ele desencadeia ou a redenção da qual podem participar suas vítimas. Saturnin, o herói de *Dom Bougre, porteiro dos cartuxos*, no fim de seu périplo, sofre, como se sabe, de sífilis. Conduzido ao Bicêtre, deve ser operado para salvar sua vida. "Eu punha a mão onde sentia a mais forte dor: ah! eu não sou mais homem!" Só lhe resta retornar ao convento para encontrar a paz. "Oh, meu filho", diz-lhe o frade que o acolhe, "louva a Deus: Ele te reservava este porto, depois de tantos naufrágios. Viva aqui, e viva aqui feliz se for possível." Falsa lição de moral, claro, que desmente o epitáfio que Dom Bougre manda inscrever sobre sua tumba – "*Hic situs est Dom Bougre, fututus futuit*" (Aqui jaz Dom Bougre, que foi fodido) – e que não suprime em nada os efeitos incitativos dos episódios eróticos do próprio romance.

No lado oposto, de uma certa maneira, situar-se-iam *Les infortunes de la vertu (Os infortúnios da virtude)*, de Sade: as sevícias de que é vítima a pobre Sophie seriam também outras tantas maneiras de mostrar que nada pode atingir sua constância virtuosa. Sade exaltaria, com isso, a força da virtude e as vias geralmente impenetráveis da Providência. "É cruel, provavelmente", escreve ele, "ter de pintar uma multidão de infortúnios se abatendo sobre a mulher doce e sensível que respeita ao extremo a virtude e, por outro lado, o mais brilhante destino para aquela que a despreza durante toda a sua vida; mas se, entretanto, um bem nasce do esboço destes quadros, por mais rigorosos ou cínicos que sejam, teremos de censurar o fato de tê-los oferecido ao público? Pode-se sentir algum remorso por ter estabelecido um fato, do qual resultará, para o leitor que lê com proveito, a lição tão filosófica da submissão às ordens da Providência, do desenvolvimento de uma parte de seus mais secretos enigmas e a advertência fatal de que é freqüentemente para nos reconduzir a nossos deveres que sua mão, geralmente, golpeia, ao nosso lado, os seres que parecem ter cumprido melhor os seus deveres?" As versões sucessivas da obra *Os infortúnios de Justine* deveriam provar que o projeto de Sade estava bastante afastado dessas afirmações das primeiras páginas dos *Infortúnios da virtude*. Mas, mesmo sem analisar as modificações posteriores da narrativa, deve-se reconhecer que esta finalidade religiosa, dada por seu autor à sua obra de uma maneira inesperada, em nada destrói os efeitos incitativos dos episódios licenciosos.

Realmente, não nos espantaremos ao ver o escritor que luta contra a censura, porque sofre suas conseqüências nefastas, partilhar com ela um certo imaginário do livro e da escrita. Assim como ele postula no século XVIII que, pelo livro, advirão as Luzes, ele acredita também nos efeitos imediatamente corruptores da obra pornográfica. Apesar do que ele, aliás, não deixa de afirmar. Escutemos ainda uma vez Diderot no *Salão* de 1767:

> *Não sou eu quem, entretanto, ignoro o que se pode objetar-me, a pouca influência que as produções das belas-artes têm sobre os costumes gerais, sua própria independência da vontade e do exemplo de um soberano, dos motivos momen-*

> *tâneos tais como a ambição, o perigo, o espírito patriótico; sei que quem suprime um mau livro, ou destrói uma estátua voluptuosa, parece-se com um idiota que recearia mijar em um rio, com medo de que um homem nele se afogasse. Mas deixemos lá o efeito destas produções sobre os costumes da nação. Restrinjamo-lo aos costumes particulares. Não posso dissimular que um mau livro, uma gravura indecente que o acaso ofereceria a minha filha, bastaria para fazê-la sonhar e perdê-la. Os que povoam nossos jardins públicos de imagens da prostituição não sabem o que fazem. Entretanto, tantas inscrições infames, entre as quais a* Vénus aux belles fesses, *são incessantemente maculadas nos bosques de Versalhes; tantas ações dissolutas, confessadas nestas inscrições; tantos insultos feitos pela devassidão mesmo, a seus próprios ídolos, insultos que deixam marcas nas imaginações perdidas, uma mistura inexplicável de barbárie instruem suficientemente acerca da impressão perniciosa destas espécies de obras.*

Notaremos a fineza e a extrema coerência dessa análise. Diderot não pode reconhecer, como o censor, que os livros podem mudar os costumes e os hábitos de uma nação. Ele é obrigado a limitar-se necessariamente às conseqüências que a leitura de um livro pornográfico poderia ter sobre um indivíduo particular. Mas, no fundo, de que se trata: não partilha ele da crença voltairiana de que a leitura salvará o mundo e de que a salvação dos próprios franceses passa pela leitura? Diderot teria assinado embaixo das teses voltairianas ironicamente formuladas no célebre discurso do mufti dos *Horribles dangers de la lecture (Os horríveis perigos da leitura)*. É forçoso admitir que entre filósofo e censor existe, quanto aos efeitos da literatura sobre os costumes particulares, uma compreensível comunhão de pontos de vista. No fundo, não vivem tanto um quanto outro desta crença nos poderes da arte sobre o comportamento dos indivíduos?

Seja como for, a intenção aqui não é analisar as respostas narrativas possíveis para a escrita erótica, mas, antes, delimitar uma representação da imaginação utilizada na leitura suposta do livro licencioso. Pois, não se pode duvidar disso, a imaginação está no centro do debate tanto na posição do censor quanto na prática específica da escrita erótica, ou mesmo no processo de leitura próprio do romance licencioso. Evitaremos, entretanto, confundir dois planos de análise: pois as teorias da imaginação, debatidas no século XVIII, o papel que lhe é atribuído nos efeitos nefastos do livro pornográfico não provam que ela esteja efetivamente em ação. Não se pode acreditar cegamente no que os teóricos e os denunciadores dizem da imaginação, a ponto de aceitar que a imaginação, como eles a definem, está presente na escritura e na leitura licenciosas. Só podemos apontar coincidências, sensibilidades comuns e nos contentarmos com hipóteses que, se explicam mais o comportamento do censor do que o processo do livro, estão, contudo, no centro do debate sobre o livro licencioso do século XVIII.

Durante a época clássica, a imaginação não goza de boa fama. Continua-se a opor, na postura das Luzes, "a louca da casa", "os poderes enganosos", às certezas da razão. Mas, a partir de Malebranche, faz-se uma reflexão para compreender, além da condenação ou da prevenção, o modo de ação da imaginação[1]. Não se voltará aqui a dar o conjunto de uma demonstração, na maioria das vezes, complexa e de relação remota com o propósito geral da presente análise, e limitar-nos-emos a apresentar alguns elementos próprios para esclarecer a relação que o século entretém com o livro erótico e, de modo mais amplo, com a literatura proibida. Notemos primeiramente que, se a imaginação é ainda globalmente condenada, existe, porém, uma corrente de pensamento que a valoriza e mostra seu papel nos progressos do espírito humano. Em 1760, o marquês de Feuquières publica *Phantasiologie ou lettres philosophiques à Madame de *** sur la faculté imaginative (Fantasiologia ou cartas à Senhora de *** sobre a faculdade imaginativa)*, que tenta mostrar a importância da imaginação no progresso das ciências, mesmo se, por outro lado, o autor reconhece que existe uma imaginação que não tem "outra lei que seu capricho, e que, saltando de uma idéia a outra, cai sem o prever e ao acaso, ou na toalete de Vênus, ou no antro de Polifemo"[2] e chega até a pretender que "as coisa possiveis têm tanta realidade quanto as coisas reais"[3]. Um ano antes, o barão d'Holbach, o que pode surpreender, traduziu e publicou, do inglês Akenside, *Les plaisirs de l'imagination (Os prazeres da imaginação)*, poema em três cantos. Neste, ele

1 Eu seguirei, essencialmente, nesta análise os trabalhos a serem publicados de Didier Masseau sobre a evolução das formas narrativas e o estatuto do romance no fim do século XVIII.

2 Marquês de Feuquières, *op. cit.*, Carta I, p. 26.

3 *Id., ibid.*, Carta III, p. 88.

afirma que a imaginação, que se situa entre os órgãos corporais e as faculdades morais, prendendo-se a "canais por onde recebemos alguns dos grandes prazeres que nos são conhecidos, era natural que os homens de temperamento ardente e sensível procurassem os meios de se lembrar das percepções deliciosas que produzem estas faculdades, mesmo independentemente dos objetos que as criaram originalmente"[4]. Deste modo, podem-se, até o poema de Delille *A imaginação*, que data da véspera da Revolução, seguir os momentos de uma reflexão sobre as relações entre imaginação e memória, imaginação e prazer, imaginação e criação artística. Reflexão na qual Diderot desempenha um papel essencial por suas pesquisas sobre a sensibilidade, sua vontade de compreender como se constitui o pensamento a partir de sensações elementares e sua interrogação, sempre posta em prática, sobre os efeitos da realidade construída pela ilusão literária. Sem esquecer o poderoso imaginário que ele aciona nos seus escritos filosóficos, seus *Salões* ou seus escritos romanescos.

Deste modo, a imaginação, essencial para a reflexão antropológica das Luzes, está também presente no processo de questionamento da leitura, seja sob a perspectiva estética, médica ou simplesmente moral. Pois, se se admite que começa a surgir uma nova concepção da imaginação, como faculdade inventiva e não mais imitativa ou passiva, deve-se reconhecer que o acento é posto, para a literatura, mais sobre a recepção das obras do que sobre sua produção. Ou antes, é pelo efeito produzido que se avaliam as qualidades acionadas na criação da obra. O que implica interrogar a leitura do livro erótico, e não sua produção. O censor civil, a autoridade religiosa raramente se perguntam por que e como se inventa a narrativa erótica. Uma tal interrogação pede respostas simples e geralmente estereotipadas: vício, atrativo do lucro, vontade corruptora, degeneração do gosto, loucura, presença do mal..., pois o essencial da reflexão tem por objeto, como é natural em uma perspectiva repressiva, a leitura que se quer impedir ou proibir. Observemos, aqui ainda, que a posição de Diderot, que só leva em consideração o gesto do iconoclasta disposto a destruir obras que podem corromper a juventude, evita-lhe assim de se pôr o problema de uma censura legítima. Outra habilidade, consciente ou não, nesta demonstração, a quase ausência da reflexão sobre a responsabilidade do criador. Logo, Di-

4 D'Holbach, *Les plaisirs de l'imagination*, poema em três cantos por M. Akenside, traduzido do inglês pelo barão d'Holbach, Amsterdam, 1759, p. 8.

derot não tem de reclamar ou condenar uma censura prévia das obras. Uma análise de sua *Memória sobre a liberdade da imprensa* mostra que, por múltiplas razões, ele se opõe à censura prévia. A única maneira, a seu ver, de prevenir o efeito corruptor é a obrigação imposta aos artistas de servir aos valores cívicos. "Crê-se", escreve ele, "que os bustos daqueles que prestaram serviços relevantes à pátria, armas à mão, nos tribunais de justiça, nos conselhos do soberano, na carreira das letras ou belas-artes não tivessem dado uma melhor lição?" Abstenhamo-nos de julgar um tal apelo ao civismo!

Abandonemos por ora o caso da estatuária, da pintura e da gravura; insiste-se, pois, essencialmente na leitura e precisamente na do romance, já que, na realidade, só há imaginação inventiva na ficção romanesca, tão importante no seio da produção cultural do século. A tal ponto que se faz pouco caso das poesias na condenação das obras licenciosas. É apenas ocasionalmente que se cita *A ode a Priapo* de Alexis Piron, quase como se se estivesse intimamente convencido de que a poesia erótica não produz os mesmos efeitos incitativos que o romance. Os eróticos antigos têm, nesta perspectiva, um estatuto particular: eles são do domínio da cultura, e não parecem, salvo exceção, ter o efeito incitativo preciso, mesmo se Diderot evoque a destruição, por um caráter honesto tomado pelo medo, de um grupo antigo, "um Sátiro que goza com uma cabra, ou este pequeno Priapo que se tirou das ruínas de Herculano"[5]. Parece, pois, bem aceito que a imaginação não está à vontade, na verdade, a não ser na leitura da ficção romanesca. Pode-se mesmo considerar que a valorização do romance funda-se não mais em uma estética que os cânones tradicionais, de resto, ignoram, mas na profundidade das emoções que ele consegue produzir. "O objeto das artes", observa Helvétius pensando também no romance, "como eu já o disse, é de agradar e, por conseqüencia excitar em nós sensações que, sem serem dolorosas, sejam vivas e fortes"[6]. Esta importância da emoção romanesca, condição do sucesso e da valorização estética da obra, aparece com toda a clareza através das reações que suscita a publicação da *Nova Heloísa*[7]. Em *Mon bonnet de nuit (Minha touca de dormir)*, Louis-Sébastien Mercier opõe o tédio ou a passividade que a

5 Diderot, *Salon* de 1767.

6 Helvétius, *De l'homme*, Londres, 1773, Tomo II, p. 186.

7 Ver a obra de Claude Labrosse já citada.

leitura dos discursos e das tragédias produz ao enaltecimento que lhe provoca o romance de Rousseau. "Abro um volume da *Nova Heloísa*, é ainda tinta sobre o papel; mas de repente eu me torno atento, animo-me, inflamo-me, eu me esquento, sou agitado de mil movimentos diversos. Acredito estar num bosque de Clarens, vejo, escuto os personagens, leio num só fôlego o volume; e quando descubro que ainda faltam seis, meu coração palpita de alegria e de prazer, e gostaria de prolongar ao infinito esta deliciosa leitura"[8].

Segundo alguns autores, a leitura de romances produz uma emoção de ordem fisiológica, uma espécie de super-excitação quase patológica. Os correspondentes de Rousseau mencionam suas perturbações (respiração ofegante, insônia, nervosidade ou languidez...) durante a leitura da *Nova Heloísa*, todas manifestações condenadas pela literatura médica da época como particularmente nocivas[9]. Nesta perspectiva, insiste-se nos perigos da leitura feminina fundando-se sobre a qualidade particular da imaginação das mulheres. A sensibilidade de suas fibras, moles, fluidas e delicadas as tornam particularmente sensíveis aos efeitos da leitura. Tissot evoca "uma mulher, a quem uma leitura atenta de algumas horas provoca convulsões" e uma menina que, "aos 10 anos, lê, quando deveria correr, [e que] se torna aos 20 anos uma mulher tomada por vapores, e não uma boa mãe". A idéia não é própria da literatura médica: é dominante nos tratados de educação das mulheres e das moças[10]. Feminidade, imaginação, efeitos transtornadores da leitura de romances são lugares-comuns durante a segunda metade do século XVIII. Raros são os espíritos que discordam disso.

Trata-se mesmo de um dos episódios romanescos mais comuns da época. Joga-se com a sensibilidade das heroínas, fazendo-as ler romances que as conduzem aos excessos mais inesperados. Em um romance medíocre, mas perfeitamente representativo do gênero, *La folle de Paris ou les extravagances de l'amour et de la crédulité (A louca de Paris ou as extravagâncias do amor e da credulidade)*, publicado em 1787 em Paris, Nougaret põe em cena estes efeitos inquietantes da

---

8 Louis-Sébastien Mercier, *Mon bonnet de nuit*, Lausanne, 1785, Tomo 1, p. 197.

9 Ver as interdições de Tissot e Bienville no Capítulo II do presente ensaio.

10 E muito especialmente Mme. de Miremont, *Traité de l'éducation des femmes et cours complet d'instruction*, Paris, 1779, 7 volumes.

leitura. Mais extraordinário ainda, de Jean-Vincente Delacroix, um conto em que uma moça, lendo *Les amours de Lucile et de Doligni (Os amores de Lucile e de Doligni)*, acaba por ceder às tentativas de seu pretendente. Delacroix mostra como o sedutor aproveita-se largamente das emoções produzidas. Sob alguns pontos de vista, o romance epistolar, e pensamos aqui nos dois mais célebres desta segunda metade do século XVIII, *A nova Heloísa* e *As ligações perigosas*, narra como as mulheres são seduzidas pela leitura de cartas que as ficções em moda modelam.

Poder-se-iam multiplicar os exemplos desses efeitos de leitura e mostrar como o romance é, melhor ainda que os mandamentos dos bispos ou os tratados medicais, e de uma maneira indireta, o contemptor de si mesmo. Entretanto, seria errôneo fazer da leitura erótica um simples caso particular de um fenômeno mais geral que se deveria ao impresso e talvez mesmo a toda representação estética. É preciso inverter uma tal proposição. A leitura do livro licencioso é, de fato, exemplar de toda leitura. Poder-se-ia mesmo dizer que ela representa o não-dito de toda uma reflexão sobre a escritura, a leitura, e os efeitos de realidade da representação artística.

Temos conhecimento dos debates que atravessam o século sobre a literatura romanesca, acusada de ser falsa e imoral. Nesta perspectiva, opõe-se o romance à história (Lenglet Dufresnoy, *L'histoire justifiée contre les romans/A história justificada contra os romances*, 1734) em proveito desta última, e à tradição da arte clássica que se queria que agradasse instruindo. O romance seria, portanto, condenável porque provocaria uma *desrealização* do leitor, que acabava preferindo seus sonhos, evidentemente ilusórios, à realidade. Ora, como o vimos, o processo do livro pornográfico afasta-se de uma tal problemática. Provavelmente, este se *desrealiza* ao provocar a perda do sentido dos valores morais, ao induzir ao excesso, encerrando o leitor no domínio estreito das paixões, fazendo-o esquecer a diversidade do mundo. Mas não é ele também, por esta necessidade fisiológica que suscita, um brusco e impetuoso retorno ao real, tão forte que exige sua satisfação quase imediata? Negação do mundo moral, o romance erótico é a afirmação brutal do mundo físico, mesmo reduzido unicamente ao corpo desejante do leitor, tenso, voltado para a escuta de si e a autarquia do gozo.

Com mais evidência ainda, o romance erótico seria o revelador de uma natureza que as convenções e os preconceitos religiosos e sociais dissimulariam. Quanto a isso, ele seria filosófico, no sentido que o termo tem nesse século, que concebe a filosofia como a luta contra os hábitos de pensamento e os preconceitos. Por outro lado, essa irrupção do fisiológico no espaço da leitura representaria uma visão mais brutal, mas também mais verdadeira, dessa ação sobre a sensibilidade de que o romance se glorificava, para sua defesa – por intermédio de alguns de seus teóricos – ao mesmo tempo desconfiando disso em sua própria prática como o provam os infortúnios de Dom Quixote. Seria preciso admitir também que o romance licencioso utiliza exemplarmente uma das estratégias das Luzes. Pois não é ele, finalmente, o romance pedagógico por excelência, que submete completamente o leitor ao desejo do texto? Longe das precauções e dos contornos do discurso filosófico, ele desvelaria o desejo de dominação, que, sob muitos pontos de vista, pode aparecer como um dos efeitos perversos da lição das Luzes.

Alguns considerarão provavelmente que, com isso, atribuímos muito ao romance pornográfico e às Luzes. Admitamos, no entanto, certas coincidências; e assinalemos, para concluir, que, se o romance erótico recorre ao quadro para produzir seu efeito de convicção, ele realiza assim um dos desejos de Rousseau no *Emílio*, quanto à pedagogia do discurso filosófico; que este se propõe a fundar sobre a imaginação e fazer falar melhor aos olhos do que aos ouvidos. "Ao negligenciar a língua dos sinais que falam à imaginação", nota Rousseau, "perdeu-se a mais enérgica das linguagens. A impressão da fala é sempre frágil e pelos olhos se fala melhor ao coração do que pelos ouvidos. Querendo tudo conceder à razão, nós reduzimos a palavras nossos preceitos, nada realizamos nas ações. A razão sozinha nunca é ativa; ela retém algumas vezes, raramente excita, e nunca faz nada de grande. Sempre raciocinar é mania dos pequeno espíritos e as reminiscências que ela extrai das profundezas da memória estimulam por sua vez o julgamento estético"[11]. Confessaremos que a aplicação disso à escritura do romance licencioso é tentadora. Segundo alguns de seus leitores, o próprio Rousseau em sua *Nova Heloísa* o teria utilizado. Em uma carta a Jean-Jacques, Pierre de la Roche lhe reprochava as cenas livres que ele expusera aos olhos de seus leitores e enfatizava "o efeito que semelhantes pinturas podem ter sobre eles". Acrescentava, ainda com maior clareza: "Era preciso dizê-lo e não pintá-lo, porque acontecerá que tal mulher ou moça que

11 Rousseau, Jean-Jacques. *Émile*. In: *Œuvres complètes*. Paris, Gallimard, Bibliothèque de la Pléiade, Tomo IV, p. 645.

lerá isso não poderá impedir que sua imaginação a ponha na mesma situação, e que talvez ela se encontre realmente exposta a uma situação completamente parecida [...]. Ela não cairá como, mas com Julie, não será a cabeça que a conduzirá ao mal, será o coração que o senhor teria estragado com as vossas descrições exageradamente vivas e livres [...]. Tudo será esquecido, exceto o quadro, a imaginação que a ele se prenderá e sua natureza irá ainda mais longe..."[12].

Essa crítica merece ser tomada em consideração. Não apenas porque ela enfatiza intuitivamente a importância dos quadros na incitação erótica, mas porque ela tenta compreender a natureza da relação imaginária que o leitor mantém com a narrativa erótica. Não se trata de uma pura e simples assimilação com os personagens ("não como, mas com Julie", escreve ele), de uma projeção do leitor no desenrolamento narrativo, mas talvez, ao contrário, da ação do texto sobre o leitor. Em termos mais crus, o leitor não é tomado pelo desejo de gozo porque o desejo dos personagens é descrito, mas porque ali são mostrados corpos e suas relações amorosas. Isso mostra que a coincidência inicial entre os personagens e o leitor não dura mais do que um instante. A harmonia entre a descrição e os efeitos que ela produz só existe nas premissas da narração. O leitor fica no estado de desejo quando o texto encena com os meios disponíveis – voltaremos a esta impotência textual de dizer o gozo – o prazer experimentado. Assim, quando o episódio se acaba, o efeito de leitura persiste por meio deste desejo que a narrativa fez nascer e que, claro, ela é impotente para satisfazer. A defasagem temporal é, pois, dupla: no coroamento do episódio e no que o prolonga para além do próprio texto.

Não se pode, assim, falar de identificação do leitor com os personagens da narrativa erótica. Sua exterioridade em relação ao quadro a torna impossível. Nenhum leitor quer ser Saturnin, o herói do *Porteiro dos cartuxos*, mas ele quer, como aquele, atingir o gozo. Provavelmente, ele desejaria as possibilidades de sedução permitidas pelo imaginário da narrativa licenciosa, esta disponibilidade dos corpos sempre oferecidos, mas presentes então na realidade da vida quotidiana. A narrativa erótica retorna sempre ao quotidiano, a este corpo do leitor trabalhado pelo efeito do texto e transtornado pelo desejo que volta a ser exterior a estes seres de papel, a este mundo de

---

12 Claude Labrosse, *op. cit.*

ficção e cujos efeitos apelam à efetuação de realidades prosaicamente fisiológicas.

É nisso que a literatura erótica, desde que nos limitemos ao romance, é exemplar de toda literatura em que se exprimiria a vontade de criar uma ilusão de realidade tão verdadeira para o leitor quanto a própria realidade – isto é, reconheçamo-lo, uma concepção da literatura romanesca historicamente datada. Mas ela o é também a sua negação, já que, para exercer seu poder e fazer tomar o artifício pela realidade, a literatura deve aceitar abolir-se em proveito de um retorno aos vapores e transpirações do quotidiano aos quais ela parecia, com sucesso, se substituir.

CAPÍTULO 6

DO FALSO NA ESCRITA OU OS LIMITES DO EFEITO PORNOGRÁFICO

Seríamos tentados a crer que o efeito produzido pela narrativa pornográfica deve-se à acumulação de episódios sexuais. Bastaria, deste modo, uma seqüência de entrelaçamentos de corpos para que ele existisse. Isso é parcialmente verdadeiro, pois não poderia haver narrativa pornográfica sem estreitamento de corpos, sem carícias, sem combinatória amorosa, sem abraços multiplicados, sem gozos repetidos e reditos, sem corpos que se oferecem e se possuem no decorrer dos episódios, sempre diferentes e, no fundo, sempre os mesmos, nem narrativa licenciosa que não pretenda encenar o próprio prazer. Pode-se objetar aqui um erotismo requintado, que hoje nós chamamos justamente erotismo para opô-lo à pornografia ou ao obsceno; um erotismo cerebral, a ponto de atravessar a descrição de corpos acoplados para se reduzir a uma épura, uma metonímia, uma equivalência sutil. Pensemos aqui no fiacre que transporta, num movimento sem fim, pelas ruas estreitas de Ruão, Rodolphe e Emma Bovary e que, sabemos, abriga seus jogos amorosos. Nós o sabemos, porque imaginamos, a partir das sugestões lógicas da narrativa e de alguns detalhes – as cortinas fechadas, a ordem repetida ao cocheiro de prosseguir caminho, quando o cansaço e o desejo de beber o leva a mandar parar seu cavalo magro. Nós o sabemos, por intuição e dedução, mas nenhum quadro nos é oferecido. O corpo de Emma está ausente, como também o abraço fogoso de Rodolphe. O leitor que adivinha a partir de indícios, como o faria um detetive, não é um *voyeur*. E é bem esta a diferença essencial. Objetar-se-á, ainda, para ficarmos apenas na obra de Flaubert, a célebre descrição dos cabelos lisos de Marie Arnoux na *Educação sentimental*, em que o leitor também adivinha logo que, para Frédéric Moreau, eles evocam os segredos de uma outra pilosidade e que seu brilho, sua humildade são outras tantas maneiras de suprimir uma interdição, literária quanto à forma e psicológica quanto à coerência do personagem, que pesa, no romance, sobre o corpo da mulher por demais amada. Mas não há aí, evidentemente, nada de pornográfico ou de obsceno. Bem ao contrário. O constrangimento respeitoso que o texto faz o leitor experimentar por essa mulher de rosto semi-iluminado por uma lâmpada de cabeceira, os bandós de seus cabelos evocando ordem e disciplina (diferentemente da cabeleira em desordem de Rosanette), apesar de seus reflexos ambíguos, é em tudo oposto ao efeito de desejo brutal e imediato que o texto pornográfico deve provocar.

O gestual sexual é, pois, condição necessária, mas não suficiente. A pornografia é uma estratégia de escrita. Ou, antes, para que o texto pornográfico cumpra sua função, que é a de provocar o desejo de gozo em seu leitor, ele deve empregar uma estratégia de escritura que esteja em condições de produzir este resultado e unicamente este. É igualmente dizer que a literatura erótica, no sentido, uma vez ainda, em que este termo é entendido aqui, é estritamente monossêmica e hostil a todo efeito de interferência.

Haverá, pois, textos pornográficos que fracassam, isto é, não produzem o efeito de desejo (não falamos aqui nem de perturbação nem de inquietude, mas sim de desejo no sentido mais simples e mais fisiológico do termo) que um texto considerado como pornográfico deveria criar. Não se trata de tomar, para uma tal análise, textos muito distanciados do gênero – textos libertinos, textos licenciosos... –, mas sim de mostrar como, em obras que põem em cena os elementos narrativos evocados precedentemente e estabelecidos como necessários ao romance pornográfico, pode-se operar um desvio, uma interferência que impedem o efeito pornográfico de desempenhar seu papel. Evocaremos, neste capítulo, alguns fracassos, procurando compreendê-los e explicar seus mecanismos. Em outros termos, analisaremos as rupturas de tensão que fazem com que um texto pornográfico fique aquém de seu projeto, sem, por isso, chegar ao ponto de falar, não sem ironia, de textos pornográficos impuros. Tais textos não são, no entanto, desprovidos de interesse; não somente porque eles revelam, graças ao fracasso mesmo, o modo de funcionamento dos textos pornográficos bem-sucedidos, mas porque eles apresentam, por meio de seus defeitos, qualidades de escritura, ou proposições filosóficas ou morais novas avaliadas segundo um outro padrão. Pode-se também admitir que o fato de não funcionarem possa satisfazer a perversidade de certos leitores, seja ela estética (o que é raro) ou simplesmente sexual. Que os sofrimentos infligidos nos romances de Sade sejam excitantes para certos leitores, que haja nestes uma pornografia fundada na pedofilia, no homossexualismo ou na bestialidade, nada muda em nossa perspectiva. Nossa análise é transponível a rituais perversos aos quais nosso *corpus* só aspira muito episodicamente, como tantos outros efeitos acessórios.

A partir dessa hipótese, poderíamos nos propor a estabelecer uma espécie de catálogo dos livros eróticos que não alcançam seu efeito, isto é, examinados não de um ponto de vista moral ou estético, não mais denegridos em nome do gosto estético ou filosófico que quer, geralmente, que se oponha o erótico ao obsceno, mas classificados segundo seu grau de eficácia para criar e para impor, com toda sua força, este efeito de leitura incitativo, que os define na sua radical especifidade. O projeto não deixa de ser tentador. Seu aspecto paradoxal é, por si mesmo, um convite para levá-lo a termo. Uma espécie de *palmarès* (lista de premiados) ao inverso estaria em harmonia com o interesse atribuído a uma literatura que se pode praticar, mas que não é bem-visto analisar. Devemos, no entanto, renunciar a isso e nos limitarmos a propor algumas das interferências de que pode ser vítima o texto erótico, deixando a outros o cuidado e o prazer de uma pesquisa sistemática acerca dos textos pornográficos abortados.

Duas observações antes de qualquer análise. Na maioria das vezes, quem se interessa por essa literatura tem de se haver com textos mistos: ou seja, nos quais a vontade de produzir o desejo nunca é contínua. Deste modo, não raras vezes, num episódio pornográfico, toma lugar um discurso suspensivo situado geralmente no fim (muito raramente como modo de sedução inicial, a sedução sendo, como se sabe, inútil, já que a causa é, com toda a evidência, conhecida: os homens e as mulheres se desejam, só pensam no prazer e basta-lhes, para atingi-lo, esperar a oportunidade); um discurso inspirado no gozo, espécie de suspensão conclusiva, aliás, às vezes, legitimada como um repouso fisiologicamente necessário.

Lembremos que o século XVIII é tagarela e de bom grado pedagogo: seu romance pornográfico não escapa às tentações do discurso. Compreenderemos que as adaptações modernas do romance pornográfico o desembaraçam destas intermináveis perorações. O exame destas digressões filosóficas ou morais mostra que não há ruptura na continuidade temática. Não se passa de um episódio erótico a episódios picarescos, por exemplo, ou a uma outra ordem de peripécias. É a tensão erótica da narrativa que se distende. Passa-se de uma construção em quadros evocando os corpos e seus contatos voluptuosos (o diálogo dos próprios personagens a respeito do corpo e do desejo, depois de uma curta apresentação para situar a ação e os heróis) a um discurso feito pelo iniciador que, geralmente, tem por objeto a legitimidade do gozo e a natureza do prazer sexual. Deste modo, na *História de dom Bougre, porteiro dos cartuxos*, encontraremos sucessivamente um discurso sobre os amores infantis, um outro sobre o prazer, um terceiro sobre os vícios da vida conventual, um quarto sobre o desejo jamais satisfeito e sempre revigorado, um quinto sobre a perversidade dos monges, seguido de um elogio da "libertinagem", um sétimo sobre o direito ao prazer, um outro sobre a utilização perversa da confissão pelos monges lúbricos... São tantas outras pausas, espécies de tempos mortos, mesmo se sua relação com o objetivo geral, com a intencionalidade primeira da narrativa erótica, seja evidente. Nada aqui escapa totalmente ao objeto romanesco. Se o ponto de vista não é narrativo, trata-se sempre, no entanto, de justificar moralmente as ações dos personagens, ou de tornar verossímeis certos episódios por intermédio da sátira dos meios monacais. Mas também é verdade que tais passagens recorrem a outras estratégias. O leitor não é ali solicitado da mesma maneira que nos episódios estritamente eróticos, fundados na exibição e no voyeurismo. O discurso suspensivo que se emprega, ou faz uso de uma evidente intertextualidade – a crítica da vida monacal, a sátira anti-religiosa dos costumes dos conventos –, ou se pretende mais argumentativo e faz então apelo à reflexão crítica. Sabe-se que muitas passagens filosóficas de Sade são textualmente tiradas de d'Holbach, de La Mettrie ou de Voltaire[1] o que prova que, nesses casos, não se está mais no mesmo registro de argumentação literária que o das passagens eróticas.

O leitor presente nesta análise pode parecer bastante irreal, e este corpo, ao qual se fez tantas vezes referência, extraordinariamente abstrato. Até aqui tudo pareceria se passar entre um texto e um leitor, mas numa relação em que a especificidade do leitor não seria tomada em consideração. Pois o desejo de gozar pode nascer unica-

1 Ver os trabalhos de Jean Deprun a propósito dos empréstimos de Sade da filosofia de seu tempo. Encontraremos uma síntese destes notáveis trabalhos na introdução ao Tomo I das *Œuvres de Sade*. Paris, Gallimard, Bibliothèque de la Pléiade, 1990.

mente do trabalho do texto, sem dúvida alguma, mas é preciso ainda que a singularidade afetiva e, digamos a palavra, diretamente sexual do leitor, sua experiência, seus gostos, seu erotismo particular permitam que se efetue este trabalho da escrita no imaginário e no corpo do sujeito que lê. Sabe-se que a leitura engaja totalmente o leitor: sua memória cultural, sua relação com a história presente, seu estado afetivo e até biológico. Daí não haver, em teoria, uma mesma leitura para um conjunto de leitores, e nem duas leituras idênticas para um mesmo leitor, em dois momentos de sua história. Percebe-se a dificuldade, insuperável à primeira vista, de pretender reconstruir a leitura global de uma época, ou numa mesma época, de um determinado gênero literário. Suponhamos, no entanto, que uma dada comunidade cultural, pelo fato de participar de uma mesma história e de uma mesma aprendizagem da leitura, pratique, em grande parte, uma modalidade de leitura comum. Suponhamos também que sobre este soclo comum se sobreponha o que é próprio de cada um. Nesse caso, também o analista se confronta com uma tensão, com um equilíbrio frágil entre o comunitário e o particular. No quadro deste ensaio é difícil ir mais fundo nesta divisão. Será que é possível fazê-lo? Retenhamos que se deve tomá-la em consideração.

Deve-se, no entanto, procurar construir um modelo de leitura do livro erótico que não reduza o leitor a um papel de figuração. Lembremos alguns dados simples e de fácil apreensão. Pode-se imaginar *a priori* que tal cena erótica entre um casal heterossexual não é de maneira alguma excitante para um leitor homossexual, e, a partir desta proposição, em suma, bastante ingênua, constituir uma espécie de quadro das incompatibilidades entre as práticas do leitor e as combinatórias sexuais narradas pelo texto. Um tal raciocínio, aparentemente lógico, esquece alguns dos dados da narrativa erótica que mostram rapidamente seu caráter equivocado. Faz parte da natureza de uma tal narrativa embaralhar as distinções sexuais já definidas: tal herói é ao mesmo tempo hetero e homossexual. Saturnin é, alternadamente, gigolô, o favorito e sodomita: a lei dominante é o prazer e a narrativa demonstra que se pode atingi-lo de todas as maneiras e pelos mais diversos caminhos. Na narrativa erótica, nada de exclusão, nada de categorias opostas. Passa-se de uma a outra como se no fundo se tratasse da mesma coisa. E trata-se bem da mesma coisa: o gozo que é sempre atingido. Pois o verdadeiro assunto do romance pornográfico, repitamos, é o prazer, todo o resto são ali meios de atingi-lo, e, neste domínio, evidentemente, todos os meios são bons. Vê-se assim um mesmo episódio desenvolver-se organizando os contatos voluptuosos dos mesmos personagens segundo categorias que, na realidade, supostamente se excluem. A ginástica dos corpos se faz encenando uma categoria; depois, uma outra. Os heróis são sempre polimorfos. Seríamos tentados a deduzir desta ambivalência, proposta não como um modelo, mas como uma simples constatação, uma prática da leitura de maneira descontínua: cada qual escolhendo os episódios que estão mais de acordo com seus gostos, seus hábitos ou seus sonhos. Mas isso seria, provavelmente, não conhecer bem a realidade dos imaginários sexuais, e menos ainda as modalidades próprias à escrita da narrativa licenciosa. A representação do gozo em quadro suprime em grande parte os meios empregados. O fim faz esquecer os meios; só resta este desejo de gozar, à sua maneira, como gozam os heróis em suas cópulas. Sem dúvida, o mecanismo de supressão e, logo, de aceitação é mais complexo. Teremos a oportunidade de voltar a isso. Esta relação do leitor, como ser singular, confrontado a um texto em ação constituiria a segunda observação preliminar a esta análise dos efeitos de interferência aos quais é submetido o romance erótico.

Como já foi dito, a estrita sucessão de episódios amorosos, sejam ou não entrecortados, assim como outras tantas suspensões, de discursos heterogêneos, morais, filosóficos ou sociais, não basta para que se produza o efeito de leitura erótica. Uma interferência pode sempre sobrevir. De todas as possibilidades de interferência, propomo-nos a estudar três, mais detalhadamente: o excesso metafórico, a distância irônica e o que, à falta de melhor denominação, designaremos como o excesso de perversidade específica.

Os dois primeiros exemplos de interferência encontram-se perfeitamente ilustrados no romance de Mirabeau, *Minha conversão ou o libertino de qualidade*, publicado pela primeira vez em 1783[2], e que teve uma segunda edição em 1784 e uma terceira em 1790. Primeiramente, pelo jogo das denominações empregadas. Nele encontraremos todo um vocabulário que faz parte da mais grosseira e crua língua falada. Desde a dedicatória, é questão de "pinto", de "foder", de "cornudo" e de "masturbar" e as variações, como se pode esperar, da termo "cu" ali são inumeráveis: "rebolar o cu", "remexer o cu", "seu

2 Sobre as condições de publicação de *Ma conversion ou le libertin de qualité*, ver *L'Enfer de la Bibliothèque Nationale*, Paris, Fayard, Tomo I, prefácio de Michel Camus. Minhas citações reenviam a esta edição que tem sete volumes publicados.

joão-fudido-de-cu que vai levar uma chuva de pedras"... Um certo realismo léxico das práticas amorosas está presente ao longo de *Minha conversão*: ali "se masturba", se tem "o pinto em fogo", percebe-se de repente oferecida "a mole espessura de uma bunda grande"[3], ali "se exibem os paus de oito polegadas levantando sua crista altiva"[4]. Não é, pois, por pudicícia léxica que peca o texto de Mirabeau. Neste, ele recorre até a um vocabulário especializado conhecido unicamente dos freqüentadores das casas de prostituição: "Eu a prendo de novo em minhas garras; em uma hora, ela estava toda molhada. De quatro, como uma cadela, de carrinho de mão à americana, à holandesa... Por Deus! Te asseguro que ela viajou por muitos países. Oh, feliz natureza!"[5]. Tampouco falta a reconstituição gráfica do espaço narrativo, até o ponto de sua saturação, pelos corpos apaixonados, apreendidos numa sucessão de abraços voluptuosos, que faz com que, agarrados um ao outro, acabem constituindo-se somente numa espécie de máquina de gozo. Não há nenhum episódio que não seja consagrado à justa amorosa. Nesta perspectiva, nenhuma distração narrativa e as digressões (sobre a música, a filosofia verdadeira dos monges, a dança) são pouco numerosas. A interferência em *Minha conversão* deve-se apenas à metaforização encadeada. Quanto mais o discurso do corpo é verista, preciso, não hesitando, como se viu, em recorrer a uma excessiva crueza, tanto mais, salvo exceção quando da reconstrução do espaço saturado dos corpos em êxtase, o vocabulário da cópula peca pelo excesso metafórico. Quer Mirabeau caia no dicurso mitológico, sem evitar o rídiculo de uma linguagem culturalmente codificada: "E a palavra expira nos seus lábios de rosa. A hora soa em sua Citera; o amor agitou nos ares sua chama, eu vôo em suas asas, eu combato, os céus se abrem... Eu venci... Oh, Vênus! cingi-nos com a cintura das Graças!"[6]. Quer ele recorra a uma seqüência de hipérboles imprecisas: "[...] Levanto todos os véus: quantos tesouros me são revelados!... O pudor não geme mais... Ela está fora de si... Rápido como um raio eu rasgo a nuvem... E o grito que Agnés deixa escapar é o sinal de minha vitória"[7]. Na

---

3 *Ma conversion*, *ed. cit.*, p. 38.

4 *Ibid.*, p. 70.

5 *Ibid.*, p. 121.

6 *Ibid.*, p. 67.

7 *Ibid.*, p. 104.

maioria das vezes, o herói fala de "porta transposta", de "visita concedida", "do altar diante do qual se manda queimar o incenso" e tem preferência pelas metáforas inspiradas pela equitação: ele "galopa", "cavalga sua potranca", que, por sua vez, "sua sob o cabresto". É verdade também que estas metáforas são geralmente glosadas, na introdução ou na conclusão, pelo emprego do verbo "foder". Mas reconhecer-se-á na leitura da seguinte passagem que esta inclusão de um verbo grosseiro e preciso não basta para que a descrição produza um efeito de incitação:

> *Gosto muito de foder. Mas como o bom Deus não quis que encontrássemos o movimento perpétuo, finalmente, tem-se de parar, pois* este jogo cansa mais do que aborrece. *Ora, minha duquesa só tinha um jargão, sempre o mesmo, e como eu tinha abaixado seu fogo, ela não era mais do que um pequeno ser muito rasteiro e monótono. Como adoro ver sair, de uma boca tão bela, estas pequenas coisas que uma mulher embriagada de volúpia torna tão preciosas! Como uma palavra dita no bom momento faz aumentar o preço de uma carícia, e a torna mais emocionante! Eliminem-se os prelúdios do gozo, e as palavras mágicas que, fazendo sair do êxtase, ajudam muitas vezes a nele mergulhar de novo...* o tédio boceja conosco no seio de nossas belas; *o amor foge, o enxame de seus prazeres bate asas, e dorme-se para nunca mais se acordar*[8].

Se esquecemos o verbo introdutório, poder-se-ia pensar que estamos lendo as considerações elegantes e discretas de um moralista brincalhão. Isto significa que o emprego de um verbo cru não basta por si mesmo. Pois o romance licencioso é justamente a glosa narrativa e léxica desses verbos muito precisos e, ao mesmo tempo, muito vagos, e, se poderia defini-lo como o comentário infinito e imagético, a colocação em situação ou a conjugação, sob os modos mais diversos, do próprio verbo "foder".

O emprego da metáfora aparece, assim, como o recurso de um escritor que quer evitar "repetir detalhes monótonos", consciente da pobreza do vocabulário das coisas do amor. Único remédio, a eroti-

---

8 *Ma conversion, ed. cit.*, p. 80.

zação, sempre possível do próprio léxico, o registro da linguagem utilizada sendo definido, desde o início, aqui, pelo emprego, como chave, do verbo "foder", que faz com que o vocabulário da guerra, da equitação ou da religião se torne, por uma simples transposição, aquele das relações sexuais. Com a condição, é claro, de que o leitor opere as traduções necessárias. O que, parece, estabelece uma outra relação com o texto e uma outra apreensão da narração. A leitura não é mais esta colocação em situação coercitiva, própria da produção do efeito erótico: ela implica um recuo, um distanciamento. Apesar do seu caráter grosseiro, tem-se a impressão de que se está ainda próximo do registro licencioso, que implica uma parte de encenação e de apreciação da sutileza do deslocamento.

Esse distanciamento é acentuado, em *Minha conversão*, por uma vontade exteriorizada e posta em prática, de desrealizar a narrativa erótica acumulando os jogos de palavras. Começando pela onomástica. As heroínas têm nomes que, por uma razão ou outra, reenviam-nas a referentes não estritamente patronímicos: encontramos uma Senhora Honesta, uma cafetina de nome Mme. Santa Justa, damas da alta sociedade, voltadas para os prazeres tais como a baronesa de Conbaille (Bocetentreaberta), Mme. de Culsouple (Cuflexível), Mme. de Fortendiable (Forte-como-o-diabo), a amante bem idosa do herói se chama Mme. In Aeternum; uma outra mais jovem e, como somos informados, bizarramente constituída, Mme. Vitauconas (Boceta-de-pinto), a que sucederá Mme. Culgratulos (Cuagradecido) (sua criada se chama Branlinos – Masturbadas)... É difícil, admitiremos, reconhecer, nestes patronímicos expressivos demais, uma vontade qualquer de realismo. No máximo, prestam-se à gozação e ainda quando muito. Sua sutileza não é tanta para levar o leitor a se interrogar sobre os seus sentidos velados. Estas fracas piadas de corpo de guarda, não têm outro resultado que o de interferir no efeito excitante que o texto procura engendrar.

Em *Minha conversão*, a onomástica participa de uma ironia geral do texto. Ironia que se deve essencialmente aos jogos de palavras e às citações literárias empregadas em contextos radicalmente alheios a ela. Os jogos de palavras são, às vezes, de uma total indigência quando brincam com os equívocos da palavra *bidet*. Eles se tornam relativamente mais sutis, quando põem em jogo o prefixo francês *con* (boceta). Deste modo, a uma dama que o convida a seduzir uma outra, o herói responde: "Ah! Madame, a senhora sabe como eu o enfio; testemunha... (a senhora imagine o gesto que eu fiz). Ela me tomou ao pé da letra e a testemunha foi *confrontada* (boceta afrontada)"[9]. Ou este, mais sutil ainda: um bispo relata como a condessa de Minandon, aparentemente puritana, contaminou-o há seis meses, e o herói lhe responde: "Veja no que dá, monsenhor, sair de sua diocese *(condom)...*" O comentário entre parênteses e a transcrição em itálico provam que não se pode fazer economia de uma leitura humorística, necessariamente distanciada, que recusa as restrições e a monossemia imposta da narrativa estritamente erótica.

Acrescentemos a isso a utilização extremamente freqüente das citações empregadas fora de contexto, ou, de preferência, em um contexto que não é o seu. Se o herói, durante a justa amorosa, encontra um obstáculo inesperado que o assusta, o texto assinala "*a onda que me trouxe recua aterrorizada*". Quando é submetido a um tratamento que é inesperado e inverte os papéis da relação amorosa: "*Rodrigue, é inacreditável!* E eu (...) *Chiméne, ninguém teria dito?*" As citações são muitas: extraídas do teatro, da poesia galante, da canção maliciosa ou até do discurso clerical. A citação tem valor de paródia. Ela obriga a uma leitura de identificação do texto parodiado, o itálico sendo o convite evidente da decriptação, cuja ironia, espírito, valor humorístico convém apreciar. Procedimento que, evidentemente, não faz parte das estratégias próprias do texto pornográfico. Deve-se, além do mais, tornar mais precisas as reservas expressas aqui. Não se trata de recusar o humor, a ironia, ou os jogos de palavras nos textos literários, nem de deduzir disso que a análise e o analista não estão à altura de apreciar o refinamento de uma citação inesperada. Caso se julgue que estão deslocados, é em relação a uma épura funcional do texto erótico, definida ao longo destas páginas. Todos estes fatos são, pois, tantas outras exceções à regra. Uma espécie de desvio orienta a atenção do leitor para um efeito de leitura que não é mais estritamente erótico. É evidente que tudo o que incita a não tomar o texto a sério, ao pé da letra, afasta seu processo de leitura dos efeitos que, por definição, a narrativa licenciosa produz. Ironizar ou mesmo provocar o riso é comprometer esta adesão à distância que deve ser a do leitor. A escrita pornográfica implica uma estrita focalização dos meios empregados: é este seu contrato e a condição de sua eficácia textual e extratextual. Tudo o que não serve a tal fim afasta do gênero. O romance licencioso é, assim, a recusa de todo compromisso. Pois como considerar como incitativo um romance que encena uma ginástica amorosa, da maneira seguinte:

---

9 *Ma conversion, ed. cit.*, p. 82.

> *Um dia em que num delírio dos sentidos nós tínhamos feito, acredite, todas as loucuras que o bom Aretino pintou em seu livro tão religioso, não é que a marquesa subitamente foi tomada de amores pelo meu traseiro? Minha brincadeira e o cumprimento feito a seu senhor fortalecem esta idéia. Com toda a força, ela passou às vias de fato... Nunca viu, meu amigo, um papagaio defender o rabo contra um gato astucioso e malandro?... Ora veja, eu saltei como carpa, em curvinhas, em peidadas... A diabinha não perde absolutamente o mapa... Eu o sinto... ai... ai*[10].

À luz de tais passagens, pode-se perguntar se a paródia não constitui o fato essencial da escrita de *Minha conversão*. A isso fazem referência não apenas as citações, mas o conjunto dos excessos metafóricos pensados, como a paródia, em um outro espaço temático, de linguagem galante, heróica ou clerical. Ora, a paródia, implicando uma leitura segundo um duplo registro, é fundamentalmente oposta à escrita erótica, estritamente condicionada e sempre autárquica. Não pode haver paródia no texto erótico senão a do próprio erótico, o que é sua negação. Em relação a isso, a paródia do romance bucólico feita por Mirabeau quando o próprio herói de *Minha conversão* decide abandonar Paris, suas pompas e suas obras, representa bem uma ruptura estratégica no processo de escritura, por conseqüência, no efeito de leitura que os episódios amorosos instauram:

> *Vós conheceis como eu esses palácios encantados que o Sena vê sobre suas margens em seu curso tranqüilo...* Hélas! *Ali uma arte cruel ainda nos persegue, sufoca a natureza imaginando embelezá-la. A enfadonha simetria desenhou esses canteiros esmaltados de areias estéreis, e esses tristes gramados desprovidos de sua verdura... As muralhas de trepadeiras arborizadas impedem os zéfiros de acariciar o seio da Flora; a rosa murcha sem honra nesses vasos que a incomodam, para arranjá-la em buquês*[11].

O amante de sensações fortes ficará decepcionado com uma tal prosa. Por que não admitir que, como Diderot em *Jacques, o fata-*

---

10 *Ma conversion, ed. cit.*, p. 71-2.

11 *Ibid.*, p. 96.

lista, Mirabeau se diverte brincando com seu leitor, frustrando sua expectativa? Apesar disso, não chegaremos ao ponto de considerar que se trate de uma tensão semelhante à do desejo não satisfeito do próprio leitor.

Os heróis do romance licencioso caracterizam-se por uma notável aptidão para o prazer. São seres de desejo, sempre disponíveis, poupados das contingências e dos limites da fisiologia ordinária. De sua companhia, são excluídos os castos, os continentes, enfim, os impotentes. O comportamento erótico destes personagens tende a provar que o desejo está bem presente em cada um, como uma virtualidade que só espera a ocasião – e que com freqüência a exige – para se manifestar com ardor e violência. É sem dúvida por esta razão que a puritana e a devota só o são durante o espaço de um parágrafo. A serenidade do convento não é mais do que aparência: os monastérios e os conventos são o quadro favorito das desordens mais lúbricas. Há nisso uma espécie de necessidade demonstrativa inerente à sexualização do objeto romanesco. Não há estado, na sociedade, que deixe de dançar a sarabanda do amor. Também não há idade. O rapaz ou a moça virgens são também os heróis necessários neste movimento de saturação demonstrativa. Como também, logicamente, os velhos e os monstros fisiológicos. Isso equivale a dizer que o romance licencioso oscila entre a exaltação da beleza do corpo e a pintura de sua decadência ou de sua patologia, que não são jamais, em suma, obstáculos ao furor de amar. *Minha conversão* confirma esta lógica da narrativa erótica. Nela, encontra-se, ao lado dos charmes juvenis de algumas das parceiras o retrato de Mme. In Aeternum: "Pintai, meu amigo, uma vilã criança de uns 60 anos. Seu rosto é uma oval invertida, uma peruca, artisticamente misturada a uma sobra de cabelos tingidos de preto, as pontas sombreadas, os olhos vermelhos e vesgos para olhar de esguelha, uma boca enorme [...]"[12]. Ele não é o único em seu gênero. O herói infatigável satisfará a lubricidade de uma velha freira, cujo charme principal é o de ser desdentada: "Eu a ponho em sua cama, e lhe faço duas vezes o doce negócio: o mesmo número dos dentes que lhe sobravam... O bom Deus vos recompense, disse-me ela ternamente. Eu ri e percebi no fundo de sua boca um pequeno toco de dente"[13]. Ele lutará com uma gigante num duelo amoroso quase titânico: "Imaginai um colosso de cinco

12 *Ma conversion, ed. cit.*, p. 58.

13 *Ibid.*, p. 102.

pés e seis polegadas; os cabelos negros e crespos sombreando uma testa curta, duas largas sobrancelhas tornam ainda mais duros os olhos ardentes; sua boca é enorme; uma espécie de bigode sobe contra um nariz manchado de tabaco de Espanha; seus braços, seus pés, tudo é de uma forma máscula, e tomei sua voz pela do marido"[14]. Pode-se objetar que ser atraído por um corpo usado ou monstruoso pode ter a ver com fantasmas comuns e que na estratégia do texto erótico, o essencial não está aí, mas no gozo. O efeito incitativo não age por identificação, mas por analogia: não se quer gozar da mesma maneira que o herói; se quer gozar tanto quanto ele. Proposição tão verdadeira que a encenação do gozo com Mme. In Aeternum é uma das mais fortes do romance. Logo, não há interferência devido à feiúra ou à monstruosidade, mas ao grotesco que acaba por submergir a descrição dos estranhos amores do herói de Mirabeau:

> *O diabo me carrega, suas convulsões me retêm cinco minutos na ilusão; a velha dengosa gozou como há trinta anos; levou muito tempo para se recuperar; ela estava esgotada, com toda a força da expressão. Eu estava suando... Mas eis uma outra história. Enxugando-me, dei-me conta de que tinha uma peruca dupla na cabeça; era a de minha debochada que, estando apenas colada, se grudou na minha por espírito de simpatia. O desalinho da senhora era risível; sua touca e o pêlo que lhe servia de cabeleira, tudo foi aos diabos... ela parecia envergonhada*[15].

Com a velha freira, o grotesco é levado tão longe, que o herói se propõe a arrancar seus tocos de dentes sem o conseguir. Quanto à americana hercúlea, ela se resfria durante as folganças e morre brutalmente de uma pneumonia. Se é verdade que o importante na narrativa erótica é a passagem de um a outro episódio para a mudança de parceiro e a continuação dos prazeres, reconheceremos que à transição falta singularmente verossimilhança e que a narrativa não se importa com o leitor. Mas, neste caso, ter-se-ia de estar atento a esses elementos narrativos.

Resta um terceiro caso de interferência, extremamente complexo, do qual encontraremos muitos exemplos na obra de Sade, e

14 *Ma conversion*, *ed. cit.*, p. 54.

15 *Ibid.*, p. 63.

muito especialmente nos *Cento e vinte dias de Sodoma*. Reconheçamos que, primeiramente, há em Sade um respeito meticuloso pela organização do romance erótico: sucessão rápida de episódios inteiramente consagrados ao gozo, utilização dos efeitos léxicos mais eficazes por meio da erotização do vocabulário, presença de rupturas dos níveis semânticos, emprego de termos técnicos grosseiros, representação em quadros, com esta fórmula que os heróis de Sade empregam freqüentemente: "Agora façamos a pose..." Nada falta aqui do aparato estilístico do romance erótico. E, no entanto, está fora de dúvida, o romance sadiano não é pornográfico. Entendamo-nos acerca do sentido desta restrição. Costuma-se defender a obra de Sade da acusação de pornografia, que parece particularmente degradante para seus seguidores. Ter-se-á compreendido, seguindo-se a demonstração deste ensaio, que nossa intenção não é opor pornografia, sinônimo de vulgaridade e de subliteratura, e erotismo, valorizado por designar uma literatura em que do texto resulta uma metafísica. Nem enaltecer, contra os julgamentos comumente formulados, a pornografia. Ela é para nós uma espécie de laboratório da escrita literária em ação. Pouco importa que ela seja ou não arte; por meio de sua escritura maníaca e sedutora, mostra-se, de maneira exemplar, o funcionamento do efeito de real da literatura. Pois nunca será insistir pouco, o leitor do romance pornográfico sujeita-se a uma espécie de obrigação a que todo escritor sonha submeter seus leitores. Ler um romance pornográfico, sofrer os efeitos conhecidos, é talvez fazer a experiência da literatura em sua própria essência. Não se felicitará nem se condenará Sade por ter fracassado na escrita de uma narrativa pornográfica sem falha. O debate é outro. Trata-se de compreender como a pornografia sadiana, muito real e muito presente, é repentinamente interrompida. Não tratamos aqui nem de moral, nem de hierarquia de gêneros, mas de interferência no funcionamento de um texto que o impede de produzir totalmente um efeito, entretanto, já começado.

Deve-se lembrar aqui que os heróis de Sade são mais tagarelas do que desejantes? Mais do que o gozo, apaixona-os a justificação dos meios que utilizam para atingi-lo. Seu discurso precede, na maioria das vezes, o gozo. É até freqüente que o incite. O que é, com toda a evidência, contrário ao implícito narrativo do romance erótico, pois o corpo tem suas razões que o discurso chega a encenar criando o intervalo, o entre-ato. Gozar primeiro, falar em seguida, o tempo de esclarecer algum(a) ingênuo(a) atrasado(a), mas bem disposto(a) e de retomar o fôlego para recomeçar, claro, a gozar. O discurso é apenas uma pausa, quase ou sem conseqüência. O interlocutor foi ganho antecipadamente, liberado de seus preconceitos e de seus escrúpulos. E, no entanto, concebido deste modo, o discurso do romance pornográfico parece fugir do assunto. Ele suspende a narração e distrai o interesse do leitor. Ele o faz abandonar o universo do desejo para introduzi-lo no da compreensão e da reflexão. Nada mais que dependa do quadro, do distanciamento desejado pelo *voyeur*. Todos estes "defeitos" são acentuados, exagerados no discurso sadiano, que se pretende portador não de excitação, mas de verdade. O didatismo constrangedor que o caracteriza destina ao leitor uma posição que não é a do desejo. Ele não experimenta o desejo de fazer como: no máximo, ele pode render-se aos argumentos apresentados, reconhecer sua força persuasiva; apesar disso, ele não experimentará o desejo de passar ao ato, e muito menos, o de tomar a palavra e de vaticinar. A posição que o discurso filosófico destina ao leitor não é da mesma ordem que a obrigação. Ele obedece a outras estratégias e chega a outras manipulações. Finalmente, observemos que o discurso filosófico presente nos episódios pornográficos não somente contradiz seus efeitos, no tempo deste próprio discurso, mas de modo geral desvia toda a obra, tornada heterogênea, de sua finalidade primeira. O fato é tão patente, que os próprios leitores de romances pornográficos operam a desconstrução da narrativa, eliminando esses elementos considerados inúteis, incongruentes e perturbadores, em favor de uma leitura fundada unicamente sobre o desejo de gozo. Que freqüentador do Inferno não recebeu de um leitor experimentado o conselho malicioso de deixar o livro se abrir por si mesmo no púlpito, o que constitui o melhor modo de ler as passagens verdadeiramente eficazes!

O romance sadiano apresenta um outro tipo de interferência que lhe é mais específica. A introdução em seus episódios de discursos filosóficos não representa senão a exageração, às vezes monstruosa, de uma prática narrativa esboçada em *Teresa filósofa* ou *Dom Bougre*. Aqui se trata, antes, do modelo erótico em obra na narrativa sadiana, e que contradiz com força os postulados sobre os quais repousam a estética e o imaginário do desejo no romance pornográfico. Sabe-se que a fascinação que ele exerce sobre o leitor deve-se em grande parte à presença infinita do desejo nos personagens. Para muitos dentre estes, o espaço romanesco é o de sua revelação. Assim, não é raro que o herói adolescente (e, claro, isto vale para a heroína) descubra, por meio de uma cópula entrevista, a realidade de seus apetites amorosos. O romance pornográfico só existe graças a essa forte sarabanda de corpos que se procuram. Os pudicos, os impotentes, os abstêmios, os que recusam o gozo, são resolutamente lançados no nada romanesco. O romance pornográfico constitui uma comunidade de êxtases. A virgem tomada de surpresa termina, passado o medo, por entrar no espaço do prazer. A experiência da sodomia, recorrente nos episódios da narrativa erótica, evoca a dor como estado transitório e prelúdio necessário ao gozo. Em Sade, não há nada semelhante a isso. Neste, o gozo é, na maioria das vezes, solitário. O outro não passa de um instrumento para se gozar, um objeto do gozo, e não um sujeito que goza. O outro sofre, geralmente se defende, muitas vezes submete-se, passivo, à ascendência do mestre. O gozo é um fato aristocrático. No castelo, onde estão enclausurados os heróis dos *Cento e vinte dias de Sodoma,* há os carrascos que gozam e as vítimas que, por causa disso, morrem, escravos sacrificados sofrendo, sem, pelo que sabemos, disso retirar nenhum prazer.

Exceção feita a *Justine,* o romance sadiano apresenta poucos heróis masoquistas. Seu universo é bem mais impregnado de violência do que de gozo. Provavelmente poder-se-ia admitir que os meios pouco importam e que só o fim, o gozo alcançado, conta. Isto é, na maioria das vezes, verdadeiro para o romance pornográfico. Mas o romance sadiano apresenta em relação àquele diferenças de estratégia narrativa tão significativas, que elas tornam a comparação inútil. O convite ao gozo se deve, já se disse, à percepção, encenação, do gozo experimentado pelos heróis. Daí a necessidade de uma escrita em quadro à qual voltaremos mais detidamente. Ora, com Sade, uma das encenações essenciais é aquela do sofrimento percebido pelo protagonista que o inflige, e graças ao qual ele mesmo atingirá o gozo. Este gozo é mais proferido, comentado por aquele que goza do que descrito do exterior para ser entrevisto como uma imagem fixa pelo leitor. A diferença é significativa. Simplesmente, ela bloqueia a máquina que produz o efeito de desejo ao qual tende pela sua natureza o romance erótico. Finalmente, acrescentemos que os quadros dos sofrimentos infligidos não são de modo algum feitos para excitar a sensualidade do leitor. As mutilações, os golpes, o recurso insistente à coprofagia não são os meios mais universalmente aptos para despertar o desejo. O próprio excesso das descrições sadianas, se ele revela os espaços infinitos do imaginário humano, põe o texto à distância e impede o efeito específico de credibilidade do romance pornográfico. Passou-se do excesso de desejo que serve para fazer nascer, por seu caráter exagerado, a vontade de gozar a um mundo excessivo que faz co-habitar o gozo, o monstruoso e a morte.

CAPÍTULO 7

OS EFEITOS DE UMA LITERATURA FURTIVA OU A ARTE DE MOSTRAR O QUE SE É

A partir de documentos de apreensões, de arquivos de livreiros-impressores, de correspondências privadas, de relatos autobiográficos ou romanescos tirados de Chevrier, Rousseau ou Rétif de la Bretonne, pode-se reconstituir, *grosso modo*, sem dúvida, o modo de circulação e de compra dos livros licenciosos, proibidos ou perseguidos pelos inspetores da Livraria. Sabe-se, por diferentes fontes, o papel importante da venda ambulante com suas variantes, como "a vendedora *à la toilette*" que mistura o livro "picante" às bugigangas, a gravura sugestiva e a mensagem galante: Célestine torna-se então livreira por debaixo do pano para ativar os amores.

São conhecidas as expressões "livros de segunda prateleira" (que vale tanto para a biblioteca privada quanto para a loja conhecida do livreiro ou a alcofa do caixeiro-viajante, passando desta vez de uma localização material a uma qualificação moral ou social) ou "vender por debaixo do pano", ou também "vender por detrás do balcão". Todas traduzem um mesmo fato: o livro proibido, seja ou não pornográfico, pois aqui o que conta é seu caráter ilícito, não é exibido. O risco é muito grande. Ficamos pois reduzidos a escolhê-los em função de sua reputação ou segundo os critérios específicos que fazem dele um livro à parte.

Assim, o livro materialista do século XVIII se exibe, na maioria das vezes, unicamente por meio de seu título. *Le christianisme dévoilé (O cristianismo desvelado)* de d'Holbach, *Le traité des trois imposteurs (Tratado dos três impostores)*, *Les nouvelles libertés de penser (As novas liberdades de pensar)* indicam claramente a natureza de seu conteúdo para quem conhece os temas favoritos do pensamento libertino. Para o membro dos círculos filosóficos, a expressão "bom senso" nunca engana: ela servirá de título, fortemente codificado, para a dissertação do padre Meslier, padre e ateu notório como se sabe, depois para d'Holbach. O *homem-máquina* de La Mettrie, repercutindo nos debates sobre o animal-autômato de Descartes e que por uma conjunção de termos que se excluem na tradição idealista, revela-se igualmente significativo.

Por ser apreendido em uma semiclandestinidade ávida, por um público de entendidos e de freqüentadores, muitas vezes, experientes, clientes regulares e fiéis ao livreiro ou ao caixeiro-viajante, o livro erótico deve identificar-se, autodesignar-se desde o início, segundo um modo próprio, então bem diferente do romance cujo título obedece a retóricas específicas e que pode se intitular narrativa ou romance, ou, para ser verossímil, mémorias autênticas. Pois o livro proibido em geral, e o livro pornográfico em particular, não é daqueles que se podem folhear ao bel-prazer, lendo uma ou duas passagens antes de proceder à compra. Ele não é livro de banca, mas de apreensão rápida e sub-reptícia. Às vezes, sua apresentação é feita pelo vendedor, e Rousseau nos lembra que a locadora de livros de sua adolescência em Genebra tentava incitá-lo a tomá-los emprestados, por meio de um discurso apropriado para sua idade, fundado numa atração, medrosa e ávida, ao mesmo tempo, das coisas do sexo ("Para valorizá-los, ela mos nomeava com um ar de mistério"); Mercier, em *Le tableau de Paris (Retrato de Paris)*, evoca a maneira pela qual os vendedores das arcadas do Palais-Royal ou das proximidades da rua Saint-Jacques aliciavam os passantes; Chevrier, em *O caixeiro-viajante*, vangloria a arte de persuadir desses comerciantes às vezes totalmente incultos e quase sempre iletrados, e sabe-se, pelos relatórios de polícia, como eles se insinuavam nas ante-salas e nos salões para ali recitar seus anúncios. Uma tal valorização, que é do domínio de procedimentos de charlatão ou de estratégias mais sofisticadas para dar água na boca, nem sempre é possível; o livro, apenas entrevisto, deve dizer imediatamente o que ele é, revelar-se, segundo a fórmula, convidar a comprar, despertar esse desejo de ser lido, estímulo de um outro desejo.

Temos, pois, de reconhecer que existem, para o livro licencioso, técnicas de apelo, por meio do título, da ilustração, da percepção visual, perfeitamente codificadas e extraordinariamente eficazes. Aliás, pode-se admitir que estas são indispensáveis seja qual for o modo de abordagem empregado. Num caso, elas servem para confirmar o elogio do vendedor, sempre suspeito de parcialidade – é notável, a este respeito, que a locadora de Jean-Jacques fracasse, provavelmente porque ela exagera e não consegue convencer o adolescente. Em outro, elas o precedem: convencido ou quase pelo anúncio do vendedor, o cliente busca a confirmação percorrendo rapidamente o livro. Começando pelo título como se deve.

DA ARTE DE EXIBIR SEUS TÍTULOS

Uma página de título, quer se trate de um impresso lícito ou de um livro proibido, é uma mensagem de publicidade. Ela se decompõe em uma seqüência de elementos: o próprio título, que pode acompanhar sua glosa segundo modalidades extremamente variadas; depois, o nome do autor e, no rodapé, o local de edição, o editor e a data. A estes três elementos, dos quais o único verdadeiramente indispensável, e, portanto, sempre presente, é o título, às vezes é necessário acrescentar uma indicação sobre a ilustração ("acompanhada de figuras" ou "com figuras"), um exergo – verso, citação latina, frase sem autoria – uma vinheta geralmente entre o exergo ou o título e o local da edição. Mais raramente a página do titulo é ornamentada de um enquadramento com motivos ornamentais, que pode ser retomado na barra que separa local de edição e nome de editor da data de publicação. Sem querer entrar em detalhes, assinalemos também que a página do título é praticamente a única do livro, se excetuamos as diferenças tipográficas que opõem a diagramação dos títulos de capítulos e o corpo do texto, que faz uso de caracteres e de tipografias variáveis segundo a linha impressa ou o elemento da página. Pode acontecer também, mas o fato é realmente muito raro, que a página do título tenha na página oposta uma gravura que pode, por meio de uma legenda, aludir a um episódio preciso do livro ou ser de caráter mais geral, como uma espécie de sugestão gráfica sobre o que se vai ler.

Se é evidente que todos esses elementos são significativos, e primeiramente por sua simples presença, ou, claro, sua ausência, o sentido que eles produzem no leitor resulta de sua combinatória. Aliás, não é raro que o emprego dos mesmos caracteres tipográficos para dois elementos ou fragmentos de elementos seja o sinal mais evidente de um apelo ao leitor para relacioná-los. Isso mostra o quanto a página de título de um livro, qualquer que seja, é um dispositivo complexo. A única diferença a este respeito entre o livro permitido e o livro proibido é o fato de que este último deve dizer rapidamente, de maneira compacta e, às vezes, grosseira, de qual registro do proibido ele faz parte, e que ele não se autodesigna por uma categoria clara: livro "pornográfico" ou " licencioso", como as comumente utilizadas para narrativa, romance, tragédia ou conto. Se ele é submetido às exigências de uma apreensão rápida, ele o é também àquelas do subterfúgio. Pois ele deve ao mesmo tempo dizer claramente e sugerir. O que representa um equilíbrio difícil. Ele não deixa de obedecer a uma codificação rigorosa cujo sistema pode-se tentar reconstruir.

Duas observações preliminares à análise. Devemos nos interrogar sobre o que a página do título do livro licencioso procura dizer ao cliente que a percorre. Pode-se limitar sua mensagem a esta simples e única afirmação – eu sou um romance pornográfico –, sem que intervenha um juízo de valor que vise a tornar mais premente o desejo de ler? A página do título deverá, pois, significar: trata-se, portanto, do pornográfico e do melhor. Não se deveria também pensar na maneira pela qual ela dá a entender a natureza e qualidades da obra que anuncia? Não deve, numa demonstração implícita, fornecer suas provas, fazer falar suas linhas mais do que aparece ali? Como o leitor não está ainda em busca do efeito erótico, mas numa espécie de prelúdio menos claramente definido que deve produzir o desejo do desejo, o que, na falta de melhor designação, chamaremos curiosidade, a paródia, a frase de espírito encontram aqui seu espaço. Elas participam deste trabalho de sedução ao qual se consagra, à primeira vista, o livro erótico. Notemos enfim que toda esta demonstração não se aplica aos livros eróticos conhecidos e pertencentes à biblioteca licenciosa já constituída e memorizada. O comprador de *Dom Bougre* na década de 1760 sabe o que o espera: as técnicas de apelo não desempenham papel verdadeiro na página do título das edições posteriores; no máximo, elas funcionam como um suplemento divertido ou, nunca se sabe, uma confirmação. O comprador não se enganou parecem dizer-lhe. Não há erro, mas sim trapaça acerca da mercadoria.

Quanto aos títulos, é preciso distinguir os canônicos de seus epígonos, imitações ou reapropriações que se aproveitam de uma reputação adquirida, a ser confirmada simplesmente por uma alusão cúmplice. Notemos primeiramente que, entre os títulos canônicos, alguns, de resto, muito raros, prestam-se dificilmente à análise. Neles, nada ou muito pouco anuncia o texto licencioso, como este *Diable dupé par les femmes (O diabo logrado pelas mulheres)*, "nova crítica e galante, pelo senhor F.N. Henry, na imprensa de Paris, encontrável na casa da viúva Dubreuil, cais da Tournelle, à imagem de São Jorge" que parece ser um apócrifo, e cujas conotações aludem mais à literatura medieval que à produção realmente erótica.

Fato mais surpreendente ainda, a primeira edição do romance de Mirabeau intitula-se *Minha conversão*, "por M.D.R.C.D.M.F., em Londres, 1783". Apenas pela leitura desta página de título, poder-se-ia acreditar que se trate de uma obra edificante. A tal ponto que a segunda edição de 1784 traz como título *Le libertin de qualité ou confidences d'un prisonnier au château de Vincennes, écrites par lui-même (O libertino de qualidade ou confidências de um prisioneiro do castelo de Vincennes)* e traz a confirmação de seu caráter erótico pela indicação do local de edição: "Istambul, da imprensa das odaliscas". Na edição de 1783, somente as gravuras, anunciadas na página do título ("Com figuras em talhe doce"), e constituindo um elemento bastante raro para um livro de religião, podiam, numa primeira abordagem, indicar a natureza exata do texto proposto. A indicação, em 1783, de Londres como local de edição poderia surpreender. Era difícil imaginar uma obra religiosa católica publicada em país protestante. Tratar-se-ia de uma obra de um protestante recentemente convertido? Certamente para um leitor desse fim de século XVIII estava claro que o local era fictício, sobretudo, tratando-se de um livro edificante que em nada obrigava a uma tal prática. Às vezes também, mas não se trata então de textos romanescos, o título lembra a neutralidade do romance histórico, como este *Monuments de la vie privée des douze Césars, d'après une suite de pierres gravées sous leur règne (Monumentos da vida privada dos doze Césares segundo uma série de gravuras sob seu reino)*, "em Caprées, edição Sabellius, 1680", texto várias vezes reeditado, durante todo o século, em que só o emprego da palavra "privada" no título poderia chamar a atenção. É a seqüência que revelará a verdadeira natureza deste texto: *Monuments du culte secret des dames romaines, pour servir de suite aux monuments de la vie privée des douze Césars (Monumentos do culto secreto das mulheres romanas, para servir aos monumentos da vida privada dos doze Césares)...*, 1784. Na edição de 1787, acrescentar-se-á como local de edição "da Imprensa do Vaticano". Para concluir esta rubrica, repitamos, relativamente pobre, parece difícil tomar em consideração títulos aparentemente neutros, que o exergo ou o florão denunciam radicalmente. É o caso do romance de Mirabeau, *O levantar da cortina ou a educação de Laura*, cujas conotações eróticas são extremamente tênues: a cortina levantada evoca tanto o teatro quanto o desvelamento de um segredo, quanto à reapropriação *(a educação de Laura)* ela alude de uma maneira relativamente neutra à tradição nascente do romance de aprendizagem ou do tratado pedagógico que o *Emílio* transformou em moda. Tudo se esclarece com o exergo: "Retirai-vos censores mal-humorados; / Fugi, devotos, hipócritas ou loucos; / Pudicos, macacas, e vós, velhas megeras; / Nossos doces êxtases não são feitos para vós". A vinheta representa um casal que se abraça em uma rua arborizada e, para completar o todo, o local de edição é "em Citera". Isso basta para modificar a neutralidade aparente do duplo título.

Há uma segunda série de títulos canônicos mais explícitos. Pode-se tentar classificá-los mais ou menos estritamente. Primeiramente, há todos aqueles que se organizam em torno dos termos "galante" e "galanteios". Vai-se do mais neutro, *L'année galante ou étrenne à l'amour, contes, enrichis des figures et d'ariettes (O ano galante ou brinde ao amor, contos, enriquecidos com figuras e arietas)*, 1773, ao mais brutal, *Histoire galante des deux maquerelles les plus célèbres de la capitale des welches (História galante dos dois mais célebres proxenetas da capital dos welches)*, "em Cupidópolis, 1785", passando por *La belle allemande ou les galanteries de Thérèse (A bela alemã ou as galanterias de Teresa)*, publicado em 1740; e este título que explica sem rodeios: *Les amours, galanteries ou passe-temps des actrices ou confessions curieuses et galantes de ces dames, rédigées par une bayadère de l'Opéra (Os amores, bailados ou passatempos das atrizes, ou confissões curiosas e galantes destas mulheres redigidas por uma bailarina da Ópera)*, "em Couillopolis, 1700, com o exergo de "Gozar é tudo, máxima de uma atriz". Notaremos que o termo "bailados" é aí mais expressivo que o adjetivo "galante", e que o quase esvaziamento anódino deste último é muitas vezes compensado ou reequilibrado por um vigor léxico da seqüência do título e do local fictício de edição – "Maquerelle" (proxeneta), "Couillopolis" (cidade dos colhões) –, ou do exergo. Certos termos ou certos lugares, "Opéra", "as atrizes", "uma dançarina", bastante conotados na época (quem não sabe então o que se diz da vida das atrizes, cantoras ou dançarinas do Opéra?), servem também para marcar eroticamente um título até aqui pouco evocador. Se esta espécie de título utiliza subterfúgios e opera por alusões extremamente veladas, como *A bela alemã ou os bailados de Teresa*, ele sabe também chamar um gato de gato e empregar uma terminologia extremamente brutal, como essa *História galante de dois proxenetas...*

Um segundo grupo organiza-se em torno do termo "amor(es)". Os títulos deste tipo são muito numerosos, construídos em torno da fórmula "Os amores de...", como *Les amours du Saint-Père, soi-disant pape, avec Madame Victoire, ci-devant dame de France, ou conférences infernales, libertines et sacerdotales, entre le pape, les rois de cœur, trèfle, carreau et de pique, leurs concubines (Os amores do Santo Padre, pretenso papa, com a Senhora Victória, dama da França, ou conferências infernais, libertinas e sacerdotais entre o papa, os reis de copas, ouro, espada e paus, suas concubinas)...*, que é um planfeto da época revolucionária, ou *Amours, galanteries, intrigues, ruses et crimes des capucins et des religieuses depuis les temps les plus reculés jusqu'à nos jours (Amores, galanteios, intrigas, astúcias e crimes dos capuchinhos e das religiosas desde os tempos mais antigos até nossos dias)*, 1788, ou ainda o célébre *Les amours de Charlot et Toinette, pièce dérobée à Voltaire (Os amores de Carlinhos e Antonieta, peça roubada de Voltaire)*, panfleto pornográfico-político endereçado contra o casal real, publicado pela primeira vez em 1779. Sua designação erótica repousa em mecanismos sumários: anticlericalismo grosseiro ou alusão relativamente transparente à atualidade política. Raramente o termo "amores" permite arranjos mais sutis. Em sua réplica à *Justine* de Sade, Rétif de la Bretonne o experimentará escrevendo *L'anti-Justine ou délices de l'amour (Anti-Justine, ou as delícias do amor)*, mas este título é inserido em um sistema de alusões que é muito mais eficaz que o termo "amores".

No mesmo campo léxico de amor, de galanteria e de seus efeitos, encontraremos títulos formando um outro conjunto em torno de "libertino" e "libertinagem", que ora cai no realismo, caso de *Correspondance d'Eulalie ou tableau de libertinage à Paris, avec la vie de plusieurs filles célèbres de ce siècle (Correspondência de Eulália ou retrato da libertinagem em Paris, com a vida de várias moças célebres neste século)*, Londres, edição Jean Nourse Livraria, com o exergo "Paris é uma destas imensas cidades, onde moram muitos ricos devassos, que passam seu tempo a comprar prazeres vergonhosos, que a indigência se apressa a lhes vender", ora depende de uma tradição bem estabelecida, como *O libertino de qualidade*, já citado, de Mirabeau, ou ainda o posterior *Monrose ou o libertino por fatalidade* de 1792, com o exergo "Marte, oh Vênus te devia seus prazeres em algum lugar". Citemos também *Le Parnasse libertin ou recueil de poésies libres (O Parnaso libertino ou antologia de poesias livres)*, de 1769, que passa, para maior clareza, em sua segunda edição de 1772, de Cazals e Ferrand, livrarias em Amsterdam, à casa Le Dru, sob a insígnia de Priapo, em Paillardisopolis (esta última obra conhecerá uma dezena de edições). Ainda mais evidente este título de J.B. Nougaret: *Les progrès du libertinage, historiette trouvée dans le portefeuille d'un carme réformé. Publié par un novice du même ordre (O progresso da libertinagem, historieta encontrada na carteira de um carmelita reformado. Publicado por um noviço da mesma ordem)*. "Ornamentado de gravuras em talhe doce. Da Imprensa da Abadessa de Montmartre..." Observaremos que neste grupo a mensagem é clara: a palavra "libertino" não tem ambigüidade para os leitores deste final do século XVIII.

A partir dessa base léxica, constroem-se conjuntos derivados que, ora se organizam a partir de uma glosa extremamente direta e grosseira dos implícitos dos termos "amor" ou "galante", ora transportam, por derivação metonímica, a significação para o campo dos instrumentos do amor. Ao primeiro grupo pertencem evidentemente *L'art de foutre en quarante manières ou la science pratique des filles du monde (A arte de foder em quarenta modos ou a ciência prática das filhas do mundo)*, Amsterdam, 1789, ou, mais refinado, *L'art priapique, parodie de deux premiers chants de l'Art poétique, par un octogénaire (A arte priápica, paródia dos dois primeiros cantos da Arte poética, por um octogenário)...*, de 1764, ou ainda *Le cabinet d'amour et de Vénus (O gabinete de amor e de Vênus)*, Colônia, pelos herdeiros de Pierre Marteau. Finalmente, destacaremos *La courtisane anaphrodite ou la pucelle libertine (A cortesã anafrodita ou a virgem libertina)*, Avignon, 1787. Pode-se ir do mais discreto *As loucuras de Julie*, Londres, 1776, ao mais ousado sem dúvida alguma, como *A fodamania, poema lúbrico em seis cantos*, 1780. É difícil ser mais transparente. No que se refere às derivações, elas são do domínio essencialmente do que se pode chamar os suportes ou lugares do amor: comecemos por *Le canapé couleur de feu (O canapé cor de fogo)* de Fougeret de Montbron (com sua variante *O sofá*, de Crébillon Filho), ou, como mais grosseiro, todas as variações em moda na literatura pornográfico-política da Revolução sobre o tema do *godemiché* (pinto artificial) como *O pinto real* de 1789 ou mesmo este *Pinto real, seguido de Mea culpa, de A garça em lágrimas* e *Os últimos suspiros da garça em lágrimas*. A esta série pertencem todos os títulos incluindo o termo bordel, muito freqüente na época da Revolução, como *Le bordel national sous les auspices de la reine, à l'usage des confédérés provinciaux (O bordel nacional sob os auspícios da rainha, para uso dos confederados provinciais)*, "em Citera e em todos os bordéis de Paris, 1790", ou *Les bordels de Paris, avec les noms (Os bordéis de Paris)...* Ano II da Liberdade, 14 de julho de 1790", ou *Les bordels de Thalie ou les forces d'Hercule (Os bordéis de Talia ou as forças de Hércules)...* "em Petersburgo, pelo compadre Mathieu"... O espaço erótico sendo sofisticado pode vir a ser uma alcova, que evoca a intimidade mundana e galante: *Les passe-temps du boudoir ou recueil nouveau des contes en vers (Os passatempos da alcova ou nova antologia de contos em versos)*, "em Galípoli, pela viúva Turban, livraria rua de Ramasan,1787", e, claro, *A filosofia na alcova* do marquês de Sade ou *Les offrandes à Priape ou les boudoirs des grisettes, contes nouveaux et gaillards (As oferendas a Priapo, ou as alcovas das costureirinhas, contos novos e licenciosos)*, "em Conculis, 1794"... Há, nesta série de títulos, um último conjunto que utiliza formas literárias tradicionais, ou simplesmente em moda, erotizando-as pelo contexto. Assim *Ode à Priape*, por Piron; *Ode aux bougres* de 1794; *Les heures de Paphos, contes moraux, par un sacrifateur de Vénus (As horas de Paphos, contos morais, por um sacrificador de Vênus)*, 1737; *Les étrennes aux fouteurs ou le calendrier des deux sexes (Brindes aos que fodem ou calendário dos dois sexos)*, em Sodoma e em Citera. "E se encontram mais do que em qualquer outro lugar no bolso daqueles que os condenam", 1793; *Les étrennes gaillardes, dédiées à ma commère (Brindes licenciosos, dedicados a minha comadre)*, nova coletânea de contos em versos, de canções, de epigramas, etc., 1782. Acrescentaremos a esta lista as diversas "artes de": *A arte de foder, A arte priápica*. Os "gabinetes": *Le cabinet d'Amour et Vénus (O gabinete de Amor e de Vênus)...*, Colônia, edição dos herdeiros de Pierre Marteau; *Le cabinet de Lamysaque ou choix d'épigrammes érotiques des plus célèbres poètes français (O gabinete de Lamysaque ou seleção de epigramas eróticos dos mais célebres poetas franceses)*. Os "quadrantes": *Le cadran de la volupté ou les aventures de Chérubin (O quadrante da volúpia ou as aventuras de Querubim)*. Ou mesmo os "catecismos": *Catéchisme libertin à l'usage des filles de joie, et des jeunes demoiselles qui se décident à embrasser cette profession (Catecismo libertino, para uso das prostitutas e das mocinhas que decidem escolher esta profissão)*, 1791. Citemos ainda as "correspondências": *Correspondance d'Eulalie ou tableau du libertinage de Paris, avec la vie de plusieurs filles célèbres de ce siècle (Correspondência de Eulália ou retrato da libertinagem de Paris, com a vida de muitas moças célebres deste século)...* ou *La correspondance de madame Gourdan, dite la Comtesse, avec un recueil des chansons à l'usage des soupeurs de chez madame Gourdan (Correspondência da senhora Gourdan, chamada de a Condessa, com uma seleção das canções para uso nos jantares na casa da senhora Gourdan)*, Londres, 1784. As "delícias": *Les délices de Coblentz ou anecdotes libertines des émigrés françois (As delícias de Coblentz ou anedotas libertinas dos emigrados franceses)*, Coblentz, 1792; *Les délices du cloître ou la nonne éclairée (As delícias do claustro ou a freira esclarecida)*, 1761. Os "elogios": *L'éloge des tétons, ouvrage curieux, galant et badin, composé pour les divertissements des dames (Elogio dos peitos, obra curiosa, composta para o divertimento das senhoras)*, em Colônia, 1775. As "conversações": *Les entretiens de la grille ou le moine au parloir (Diálogos da grade ou o monge no parlatório)*, 1693. As "histórias" com as variações mais múltiplas, a conotação erótica referindo-se então a uma alusão a um *fait divers* escandaloso (*História do padre Jean-Baptiste Girard, jesuíta e reitor do colégio da Marinha em Toulouse e da senhorita M.C. Cadière*), que é utilizado no célebre *Teresa filósofa ou memórias para servir à história do p. Dirrag e da senhorita Eradice*, ou ao emprego do adjetivo "galante" ou de substantivos sem ambigüidade como "cafetina" ou "pinto artificial". O mesmo ocorre com o termo "cartas", tão em moda na produção romanesca da segunda metade do século XVIII. Deste modo, teremos as *Lettres galantes et philosophiques des deux nonnes, publiées par un apôtre du libertinage (Cartas galantes e filosóficas de duas freiras publicadas por um apóstolo da libertinagem)*, com o exergo: "Não se é criminoso por fazer uma pintura dos ternos sentimentos que a natureza inspira", de Petrônio.

Deste conjunto de títulos que se presta à autodesignação erótica, podem-se extrair algumas regras de organização. E notaremos que elas procedem primeiramente por oposição: a um título neutro vem se justapor um comentário extremamente cru e direto ou um local de edição imaginário e grosseiro, que desmascara a aparente ingenuidade do título inicial. O que significa que não se pode isolar nenhum dos elementos da página do título. A partir do próprio título, eles procedem a uma revelação progressiva pelo comentário, pelo exergo, pelo editor ou o local de edição. Extremamente diretas ou finamente codificadas, as alusões são perfeitamente perceptíveis para um amador de livros de segunda prateleira. O conjunto dos elementos da página de título pode, ao contrário, acentuar a veia grosseira do título até produzir um efeito de saturação, sem dúvida, extremamente prometedor para o leitor à procura de um livro licencioso. Considerando-se uma massa relativamente importante de títulos cuja publicação se estende por mais de um século, parece que os acontecimentos revolucionários acentuaram a grosseria desenfreada dos títulos, a ausência da censura obrigando talvez, em um momento de forte concorrência, à supervalorização do obsceno para convencer um leitor a quem se propõe a leitura de outros. Os títulos licenciosos são, aliás, em grande número, de forte conotação clerical: designam monges e freiras como os principais heróis da narrativa, e o convento e o claustro aparecem ali como lugares eminentemente propícios às mais loucas devassidões. Em um *corpus* de quase duzentos títulos constituído a partir do catálogo do Inferno da Biblioteca Nacional, as referências clericais ali são mais numerosas que as referências à prostituição, às prostitutas e aos lugares de devassidão. A Revolução manterá esta tendência com os ataques contra personagens como o abade Maury ou os padres refratários. Podemos interrogar-nos sobre o funcionamento desse imaginário ativo desde a Idade Média, que associa monges, padres e devassidão e que o anticlericalismo das Luzes, sua crítica da vida conventual, reativou sem dúvida alguma. Aqui o que importa é que a presença de referências clericais no título constitui uma espécie de garantia: ela confirma que se trata bem de uma obra licenciosa que faz uso de duas proibições, uma sexual e outra religiosa. Tais títulos querem mostrar ao leitor, e às vezes sem rodeios, como essa *Religiosa de camisola*, variante de *Vênus no claustro*, que prometem os prazeres de uma dupla ou tripla transgressão.

A presença de um nome feminino, raramente empregado sozinho e, na maioria das vezes, acompanhado de um qualificativo (*A bela alemã ou as galanterias de Teresa, Teresa filósofa*), de um nome de profissão vulgar (*Margot a remendeira*, de Fougeret de Montbron) ou de uma precisão erótica ou libertina (*As loucuras de Julie, Felícia ou meus desvios* de Nerciat), pode designar o texto como erótico. Os nomes mais freqüentemente utilizados são Julie, Justine e Thérèse. O marquês de Sade se fará o herdeiro atento desta onomástica licenciosa. Podemos perguntar-nos que valor erótico possui o enunciado destes nomes e à qual codificação, mais ou menos precisa, ele obedece. Somos obrigados a constatar um fato quantitativamente importante que prova, sem que se possa de outro modo tomá-lo em consideração – deve-se recorrer a proibições sociais cuja realidade, por outro lado, não se vê bem? –, que o nome feminino desempenha seu papel na autodesignação do romance licencioso. É evidente que ele não basta por si mesmo – senão o que pensaríamos da *Vida de Mariana* de Marivaux ou de *Julie ou a nova Heloísa* de Jean-Jacques-Rousseau? – e que ele deve ser completado por uma reapropriação, ou, segundo o costume, um exergo, um impressor e um local de edição particularmente sugestivos.

Notemos enfim que, se o romance erótico, pela sua natureza, exclui toda forma de humor, se a ironia, criando uma distância, destrói por interferência o efeito do desejo, o humor não está ausente desses títulos. Humor paródico. Reconhecer-se-á a retomada dos títulos tradicionais do romance cuja reutilização já foi evocada: cartas, correspondência, correio, delícias, que são transformados por um contexto brutalmente sexualizado. Na maioria das vezes, é a aliança de termos completamente inesperada que cria o efeito cômico, em que a grosseria raramente está ausente. Ver-se-á o grosseiro acoplado ao neutro ou ainda ao nobre, como no *Pinto real*, de 1789, ou *Les fouteries chantantes ou les récréations priapiques* (*As fodas cantantes ou *recreações priápicas)*... de 1792, o comentário grosseiro da referência mitológica, como em *Les travaux d'Hercule ou la rocambole de la fouterie (Os trabalhos de Hércules ou o rocambole da foda)*, 1790. Não é raro o título utilizar, sob o modo da derrisão, os efeitos de credibilidade do romance contemporâneo, como em *Antonin ou le fils du capucin par un religieux de l'ordre (Antonin ou o filho do capuchinho, por um religioso da ordem)*, em que se apreciará a garantia oferecida. Mas a inventividade cômica é levada a seu ápice, como se verá mais adiante, nas intrigas extremamente grosseiras de que são objeto impressores e locais de edição.

DAS MODULAÇÕES

A partir de certos títulos de obras que tiveram um grande sucesso organizam-se as modulações. Assim, este *Aretino francês, por um membro da Academia das Mulheres*, Londres, 1787, ou *Le petit-neveu de l'Arétin, ouvrage posthume trouvé dans le portefeuille de son grand'oncle (O sobrinho-neto de Aretino, obra póstuma encontrada na carteira de seu tio)*, 1800. Aqui não tomaremos em consideração as muitas traduções, de título muito explícito, como *La putain errante ou dialogue de Madeleine et Julie (A puta errante ou diálogo de Madalena e Júlia)*, tradução sem nuances de *La puttana errante, overo dialogo di Maddalena e Giulia*, atribuída ao Aretino, que data da metade do século XVIII e terá uma reedição curiosa, em 1791, com o título *A puta errante, ou diálogo entre Madalena e Júlia, fielmente traduzido do italiano para o francês por Pedro Aretino*, "nova edição revista, corrigida e aumentada, enriquecida de gravuras, à custa da senhorita Théroigne de Méricourt, presidente do Club do Palais-Royal, e encarregada especialmente dos Prazeres das Esquerdas de nosso augusto Senado, 1791". Esta edição reúne múltiplas estratégias de apelo: a garantia do Aretino, o título já conhecido desempenhando um papel de confirmação, a palavra *puta* para os ignorantes ou os ingênuos e, enfim, a alusão erótico-política a Théroigne de Méricourt.

Ao lado de autores canônicos por antiguidade, todo um acervo de literatura pornográfica se constituiu no decorrer da época clássica com alguns títulos que se tornaram, por sua vez, canônicos e referenciais, e cujo enunciado, sozinho, total ou parcial, funciona como garantia de filiação ao pornográfico. É o caso da *História de dom B..., porteiro dos cartuxos, escrita por ele mesmo*, "com ilustrações, de Roma, edição Philotanus", publicada certamente pela primeira vez em 1740 e atribuída a Gervaise de la Touche. Esta narrativa teve rapidamente um sucesso surpreendente e foi reeditada durante todo o século com, às vezes, divertidas variações. Assim, em 1777, publica-se a *História de dom B..., porteiro dos cartuxos, escrita por ele mesmo*, "nova edição, revista e corrigida, sob o olhar do santo papa, em Roma, à custa dos cartuxos". Ou ainda uma edição não datada, *O porteiro dos cartuxos*, "em Grenoble, da imprensa da Grande-Cartuxa", com um falso título de *História de Gouberdom* (anagrama de dom Bougre)... É evidente que os acréscimos têm aqui a função de produzir um efeito jubilatório, já que o texto, conhecido e classificado como pornográfico, tem por si mesmo um efeito suficiente de saturação informativa. É utilizando o título canônico do *Porteiro* como referência que muitos volumes, durante todo o século XVIII, serão designados como pornográficos. Deste modo, a *Histoire de Marguerite, fille de Suzon, nièce de dom Bougre (História de Marguerite, filha de Suzon, sobrinha de dom Bougre), suivi de la Cauchoise*, "Paris, Imprensa do Louvre, 1784", que tinham sido precedido pelas *Mémoires de Suzon, sœur de dom Bougre, portier des Chartreux, écrits par elle-même (Memórias de Suzon, irmã de dom Bougre, escritas por ela mesma)*, Londres, 1778. Durante a Revolução, dom Bougre entrará de novo em ação no *L'abbé Maury au bordel... ou dom Bougre aux États Généraux ou doléances de dom Bougre, portier des Chartreux par l'auteur de La foutromanie (O abade Maury no bordel... ou dom Bougre, nos Estados Gerais, ou lamentações de dom Bougre, porteiro dos cartuxos, pelo autor da Fodamania)* et *Le nouveau dom Bougre à l'Assemblée Nationale (O novo dom Bougre na Assembléia Nacional)*. Tem-se aí um caso extremo que mostra como, pelo seu sucesso, *Dom B...* se impôs como um modelo.

O caso do romance do marquês d'Argens *Teresa filósofa* é um pouco diferente. Quando o romance é publicado com o título de *Teresa filósofa ou memórias para servir à história do padre Dirrag e da senhorita Eradice*, sem data, e tendo como local de edição, de maneira sucinta, Haia, ele se designa ligeiramente como erótico, se não pela referência ao romance, ele próprio licencioso, *A bela alemã ou as galanterias de Teresa*, publicado em 1740, e pela qualificação bem conotada do epíteto "filósofa" que anuncia um personagem livre de preconceitos, pela alusão ao escândalo quase contemporâneo das relações culpáveis entre o padre Girard e sua penitente senhorita Cadière, que tinham sido objeto de uma publicação, aliás proibida, *Histoire du pére Jean-Baptiste Girard, jésuite et recteur du collège de la Marine à Toulon et de la demoiselle M.C. Cadière (História do padre João Batista Girard, jesuíta e reitor do colégio da Marinha de Toulon e da senhorita M.C. Cadière)*, dividida em 32 pranchas, sem local nem data. *Teresa filósofa* foi um dos grandes sucessos da literatura erótica do século XVIII. Edições se sucederam a edições e as confiscações às confiscações. Às vezes, o título foi reduzido a *Teresa filósofa*, prova de que a alusão ao escândalo tinha perdido sua pertinência e que o texto possuía uma autonomia. Às vezes também se indica que a este se junta a *História da senhora Bois-Laurier*. Entretanto, não houve ali, pelo que sabemos, continuação diretamente inspirada em *Teresa filósofa*. Não mais que histórias que supostamente seriam de uma irmã, de uma sobrinha ou de qualquer parente da heroína. Um único título faz alusão direta a *Teresa filósofa*, mas em uma perspectiva erótico-política: *L'apparition de Thérèse philosophe à Saint-Cloud ou le triomphe de la volupté à Saint-Cloud (A aparição de Teresa filósofa em Saint-Cloud ou o triunfo da volúpia em Saint-Cloud)*, "obra roubada do bolso de um aristocrata por M. Barnave, em Saint-Cloud, na casa da Mãe das Graças"... E, no entanto, *Teresa filósofa* impõe um modelo de título licencioso formado a partir da seqüência já analisada, compreendendo um nome feminino e um qualificativo, que se torna bastante freqüente a partir da década de 1750. Parece que aqui domina uma forma mais do que um conteúdo preciso ou a própria referência ao nome da filósofa.

A partir dos *Infortúnios da virtude*, que Sade conservará nos seus manuscritos e que Apollinaire publicará pela primeira vez no início deste século, constituiu-se, por reapropriações e ressonâncias, um outro conjunto perfeitamente significativo dessas derivações e filiações. Em 1791, deste resulta *Justine ou os infortúnios da virtude*, cujo título remete mais ao romance *noir* ou ao conto moral do que à literatura erótica. Este título corresponde de modo muito limitado às ambigüidades eróticas da narrativa, extremamente circunspectas em suas descrições e, em suma, muito pouco sugestivas. Em 1797, ligeira modificação deste primeiro título com *A nova Justine ou as desventuras da virtude*, mas o texto é radicalmente novo. A comparação dos dois títulos mostra como operam o apelo e a diferenciação. Nada, porém, neste novo título anuncia o erotismo "negro" do marquês. Situamo-nos em uma outra lógica, que Sade explicou no livro *Idées sur les romans (Idéias sobre os romances)*, preconizando o recurso a todos os meios literários para provocar no leitor o terror e a piedade[1].

---

1 Sade desenvolveu nas *Idées sur les romans*, *op. cit.*, esta teoria do romance enquanto gênero fundado no terror.

O projeto é moral e filosófico, como também o prova o título da seqüência: *Juliette ou les prospérités du vice (Juliette ou as prosperidades do vício)*, publicado neste mesmo ano de 1797, e que acabará por constituir um conjunto simétrico denominado *Justine ou as desventuras da virtude seguido da História de Juliette ou das prosperidades do vício.* A marginalidade de Sade na produção do romance erótico não impede que nos interroguemos sobre estes efeitos de filiação e de reapropriação. Tanto mais que Rétif de la Bretonne, defensor, segundo ele mesmo, dos santos prazeres da volúpia, respondeu à *Nova Justine* por uma *Anti-Justine ou as delícias do amor*, publicada em 1798. Na advertência e prefácio, Rétif explica com muita clareza a filiação a Sade:

> *Ninguém ficou mais indignado do que eu diante das obras sujas do infâme Dsds, isto é,* Justine, Aline, A alcova, A teoria da libertinagem... *Minha intenção é a de fazer um livro mais saboroso que os seus, e que as esposas poderão dar a ler a seus maridos para estarem mais bem servidas, um livro em que os sentidos falarão ao coração, em que a libertinagem não tenha nada de cruel para os sexos das Graças, e que antes lhes dá a vida do que lhes causa a morte, em que o amor, de volta à natureza, isento de escrúpulos e de preconceitos, só apresenta imagens aprazíveis e voluptuosas* [Prefácio].

A advertência é ainda mais explícita:

> *Pervertido pelas mulheres há muito, a* Justine *de Dsds caiu em minhas mãos. Ela me pôs em fogo. Eu quis gozar e foi com furor, mordi os seios de minha parceira, belisquei com força a carne de seus braços... Envergonhado destes excessos, efeitos de minha leitura, fiz eu mesmo um* Erotikon *saboroso, mas não cruel [...].*

Eis um belo exemplo de dupla filiação a Sade e a Mirabeau, e da reescritura. A advertência explica, com muita clareza, os limites do efeito erótico e as ambigüidades de uma escrita que, propondo-se como recusa de um modelo, só pode existir pela referência ao que ela pretende denunciar.

Parece, então, que os títulos construídos como chamadas, de conteúdo ou de forma, ou como filiação, constituem um modo evidente de designação do livro pornográfico. Ele repousa evidentemente sobre uma cumplicidade de saber e em um fato de memória. Revela que a literatura erótica tem uma arqueologia e um panteão. Além do efeito humorístico de certas referências, ele parece traduzir também uma reivindicação do que, na falta de melhor, devemos chamar uma dignidade cultural. Muitos títulos fazem assim referência a uma tradição antiga, como *Arte priápica, paródia dos dois primeiros cantos da Arte poética, Ode a Priapo* de Piron, *As oferendas a Priapo*, de 1794. Outros utilizam a referência a Vênus ou a Hércules que se glosa imediatamente pelo vocabulário malicioso ou obsceno: *Vênus no claustro ou a religiosa de camisola* (1746); *Vênus no cio ou vida de uma célebre libertina* (1791); *Os trabalhos de Hércules ou o rocambole da foda* (1790). O título pode também utilizar um vocabulário culto, e até de bom grado pedante, para anunciar seu conteúdo erótico, sem, entretanto, procurar dissimular seu caráter licencioso. Assim, *Erotika Biblion* de Mirabeau (1783); *Anadria ou confessions de mademoiselle Sapho, contenant les détails de sa réception dans la secte anadrine (Anadria ou confissões da senhorita Safo, contendo os detalhes de sua recepção na seita anadrina)...* (1789); *Les aphrodites ou fragments thalipriapiques pour servir à l'histoire du plaisir (Os afroditas ou fragmentos talipriápicos para servir à história do prazer* (1793). Não poucas vezes, a narrativa licenciosa reveste-se do aspecto severo de erudição como nos *Monumentos da vida privada dos doze Césares segundo uma série de pedras gravadas sob seu reino*. Seria um equívoco, parece, considerar este recurso ao antigo como um modo de ocultar o caráter pornográfico das narrativas publicadas. O pornográfico não tem vergonha. Ele até obedece a uma lógica de exibição que faz parte de sua natureza e diz respeito às suas estratégias de designação. Todo livro de compreensão furtiva deve mostrar-se rapidamente e com veemência, segundo códigos misturados e diversos, a natureza de seu conteúdo, o gênero ao qual pertence e isso quanto mais seja ele imoral e que sua freqüentação implique uma transgressão das normas morais religiosas ou sociais. De fato, por meio destes títulos explícitos e ao mesmo tempo culturalmente codificados, representa-se uma relação paradoxal da própria narrativa erótica. Ela deve oferecer, de uma maneira que lhe é própria a consciência de uma ruptura por indiscrição. Ela pode ser cultural como no caso presente, relacionando a referência antiga com o enunciado mais brutalmente grosseiro. O emprego de um vocabulário culto, até refinado, muito marcado culturalmente, pode servir de equivalente iniciático? Pois o erótico é amigo do secreto. Ele se considera, de bom grado, elitista e minoritário, à maneira destes lugares fechados consagrados unicamente aos prazeres dos sentidos que ele não pára de descrever. A referência ao antigo desempenharia aqui um papel de uma senha, se assim se pode dizer.

Voltemos aos títulos que utilizam nomes femininos. Percebemos que se pode passar da glosa mais vulgar à mais sutil, como se neste sistema os títulos oscilassem entre a trivialidade mais absoluta e a mais refinada decifração, como as hesitações e as posições da própria narrativa erótica neste trabalho de encenação em quadro do corpo e da cópula. De um lado, *Caroline et Saint Hilaire ou les putains du Palais-Royal (Caroline e Saint Hilaire ou as putas do Palais-Royal)* (ano VIII) e, de outro, o discreto *Felícia ou minhas extravagâncias*, em que tudo se diz por meio deste possessivo e deste substantivo bastante leviano, que modifica radicalmente a perspectiva. E entre os dois extremos, todas as variações possíveis: de Margot a Julie.

O *corpus* dos títulos canônicos classificados por séries lexicais consagradas ao amor, à sexualidade, ao mundo clerical pode ser repensado segundo os modelos de filiação utilizados para explicar as derivações a partir da *História de dom B..., porteiro dos cartuxos* ou de *Teresa filósofa*. O sistema se organizaria a partir de títulos iniciais, e não pela retomada de termos conotados como "galante" ou "amores". Pode-se admitir que, na realidade, a proliferação significante dos títulos participa dos dois sistemas: o emprego de palavras com valor de pontos de referência e derivações pela retomada de títulos canônicos. O cruzamento dos dois sistemas permite multiplicar e combinar as formas de autodesignação erótica do texto pelo seu título.

Um conjunto de títulos apresenta um funcionamento misterioso ou, pelo menos, totalmente à margem das normas observadas até aqui. Suas indicações de vinculação ao gênero licencioso se mostram tão alusivas, que elas parecem contradizer a teoria geral. Pode-se reunir *O canapé cor de fogo* de Fougeret de Montbron (1741) ao *Sofá* de Crébillon filho (1740), reconhecer ao sofá (como à alcova) um poder de evocação inegável, admitindo ao mesmo tempo que a autodesignação erótica é então muito menos direta que nos títulos apelativos e grosseiros. Não é incorreto falar de grau zero a propósito destes títulos discretos acerca das obras que eles anunciam. Para um leitor pouco atento o *Éloge historique de Milord Conténant (Elogio histórico do Milord Contenant)* pode parecer insignificante. *Hic-et-Haec ou l'élève des R.P. jésuites d'Avignon (Hic-et-haec ou o aluno dos reverendos padres jesuítas de Avignon)* de Mirabeau parece inesperado, para quem está em condições de avaliar a estranheza ambígua da designação, sem, apesar disso, revestir-se de uma significação erótica que só lhe pode ser dada pela legenda anticlerical de jesuítas de costumes singulares e pedagogia bastante especial. Para este último título, a segunda edição se viu obrigada a tornar mais preciso o propósito, indicando: *Hic-et-haec ou l'art de varier les plaisirs de l'amour et de la volupté, enseigné par les R.P. jésuites à leurs élèves (Hic-et-haec ou a arte de variar os prazeres do amor e da volúpia, ensinada pelos reverendos padres jesuítas aos seus alunos).* Isso significa que os próprios títulos muito avaros em informações, ou muito sutis em suas conotações eróticas, pedem um comentário, seja por glosa, seja por acréscimos de elementos de designação por meio do exergo, da vinheta, do impressor ou do local de edição.

Isso nos faz lembrar de novo a impossibilidade de separar os diversos elementos da página do título. Como foi dito, o fato de relacioná-los serve para desvelar, por revelação ou profusão, as carências do título. Os conjuntos complementares representam uma espécie de não-dito do próprio título. O movimento inverso pode, é claro, ocorrer, o exergo, o local de edição, o impressor parece humoristicamente contradizer, pelo seu ar de seriedade afetada, um efeito erótico bem legível. Evidentemente, uma rubrica bastante reduzida é a dos nomes de autores. Em nosso *corpus*, cerca de uma entre vinte obras faz referência a um autor e, na maioria das vezes, de maneira fantasista. Situamo-nos, muitas vezes, na tradição anticlerical. Assim *Antonin ou o filho do capuchinho, por um dos religiosos da ordem* (1801), ou a filiação do erótico livresco: pela "Musa libertina" ou também pelo "autor do *Bordel national*". O nome do suposto autor serve, às vezes, como garantia da qualidade licenciosa da obra, como em *Le degré des âges du plaisir ou jouissances voluptueuses de deux personnes de sexes différents aux différentes époques de la vie (O grau das idades do prazer ou gozos voluptuosos de duas pessoas de sexos diferentes em diferentes épocas da vida)*, "recolhido a partir de memórias verídicas, por Mirabeau, amigo dos prazeres". O mesmo efeito encontra-se em *As horas de Paphos, contos morais*, "por um sacrificador de Vênus". Ainda que seja arriscado querer estabelecer uma regra a partir de um número tão restrito de casos, parece que a utilização de um nome de autor, sempre fictício e, na maioria das vezes, referencial, presta-se à garantia da qualidade erótica da obra.

OS EXERGOS

No importante conjunto dos exergos – um título entre quatro comporta um – tem-se que distinguir os exergos em latim (quase a metade) e os exergos em francês. Reteremos como uma exceção pouco representativa um caso de exergo em italiano, extraído de Tasso. Os primeiros provêm, em geral, de Pérsio, de Marcial, de Ovídio e de Virgílio[2]. Um número muito reduzido é aparentemente extraliterário. A referência às obras eróticas de Catulo e de Marcial, aos *Amores* de Ovídio funciona segundo um mecanismo já encontrado, sem que se deva ver nisso a busca de qualquer garantia cultural por intermédio da literatura antiga. Enfim, ninguém dúvida de que o efeito de interferência produzido pelo latim, pela sua presença como língua de cultura em um contexto muitas vezes grosseiro, esteja próximo, por analogia, desta ambigüidade posicional do texto erótico no processo de leitura. Os exergos em francês obedecem a estratégias mais imediatas. Postulando-se como paródicos, eles são, na maioria das vezes, em versos e copiam as incitações à virtude que o título que os acompanha contradiz. Assim, esta *Arte priápica, paródia dos dois primeiros cantos da Arte poética, por um octogenário*, que tem como exergo: "Eu vivi, gostaria de ser útil àqueles que viveram. Duclos, *Considerações sobre os costumes deste século*". Pois o exergo francês como o latino faz ou não referência a um escritor erótico. Entre estes, encontraremos Boileau com o célebre "Eu chamo um gato de gato", mas também Racine: "É Vênus completamente atada à sua presa" *(Fedra)*. Ou o cavalheiro Florian: "Os gostos estão na natureza, o melhor é aquele que se tem". Às vezes, ele é tirado de uma obra tão célebre que não é necessário citá-la, como o rousseauísta "A mãe proibirá sua filha de lê-lo", da *Nova Heloísa*. Notaremos que estes exergos, fortemente marcados literariamente ilustram títulos particularmente crus. Racine comenta, por meio de um verso de *Fedra*, que adqui-

2 As citações são de Virgílio *(A Eneida)*, de Fedro *(As fábulas)*, de Pérsio *(Sátiras)*, de Ovídio *(Amores)*, de Lucrécio *(Da natureza das coisas)*, de Catulo *(As poesias)*, Marcial *(Epigramas)*. O leque é vasto, sem contudo, exceder a cultura de um *honnête homme* do século XVIII. Nenhuma das citações é verdadeiramente obscena, mesmo quando se trata de Catulo ou de Marcial. A referência é geralmente alusiva e se presta a legitimar a literatura erótica. Que me seja permitido agradecer ao professor Léon Nadjo que traduziu as dezessete citações latinas encontradas no meu *corpus*.

re todo um outro relevo, *Vênus no cio ou vida de uma célebre libertina*; Florian, *As crianças de Sodoma na Assembléia Nacional, ou deputados da ordem da Manchette*, 1790; Rousseau, *Os furores uterinos de Maria Antonieta, mulher de Luís XVI*, 1791; Duclos, *A arte priápica*; e Boileau, *O Aretino francês* de 1787. A relação que eles entretêm com o título é complexa: seja que o exergo anuncia um realismo sedutor (Boileau), ou o caráter ousado da obra a ponto de proibir da leitura uma mocinha (Rousseau), seja que o autor se diverte parodiando a finalidade exibida pelo romance tradicional (Duclos). Tais exergos não se prestam em nenhum caso a dissimular ou a assegurar culturalmente o conteúdo licencioso das obras. Pelo título, eles já mostram o que são: o leitor sabe o que o espera. Trata-se, antes, de uma espécie de cumplicidade divertida, de um suplemento que o exergo oferece usando dos modos literários e, num outro espaço de uma intertextualidade em discordância.

Um segundo grupo é composto dos exergos que remetem ao *corpus* erótico. E, primeiramente, a Piron, muitas vezes citado na invocação: "Priapo, sustente meu fôlego. *Ode a Priapo*". Ou como referência obscena: "Na boceta, jaz toda a alegria, / Mas fora da boceta, nada de salvação". Mas também relacionando pela forma de exergo, e não pelo título ou seu comentário, com as obras canônicas do *corpus*. Assim, a *História galante da rodeira das carmelitas* é indicada como "obra feita para servir de comparação ao *Porteiro dos cartuxos*". Claro, aí temos uma estratégia próxima das filiações e reapropriações estudadas precedentemente. Um panfleto revolucionário, já encontrado, utiliza uma dupla referência: o título relaciona-o com o *Porteiro dos cartuxos* ao evocar *Dom Bougre na Assembléia Nacional*, mas o autor apresenta-se como o de um outro panfleto da mesma época ao indicar "pelo autor do *Bordel nacional*". A isso vem acrescentar-se um exergo que parece fazer parte desta filiação dual: "Bougre, ainda que padreco, / Amo as mulheres e o vinho / Assim, vem me contemplar / Foder e beber eis a minha profissão". É evidente que, na sua maioria, tais exergos utilizam uma brutalidade de expressão que tem o efeito de corroborar o efeito erótico do próprio título. O conjunto funciona como uma garantia de qualidade licenciosa e age à maneira de uma perversão dos sistemas de credibilidade do romance contemporâneo. A eficiência é a mesma, mas o efeito produzido, radicalmente diferente.

Um terceiro conjunto é constituído pelos exergos aparentemente anônimos, e uma pesquisa mostraria, eventualmente, que muitos dentre estes pertencem ao *corpus* erótico tradicional. Todos os gêneros estão representados. Exergo de incidência sociológica, concordando com o título, ele mesmo paródico[3]; exergo com finalidade moral vaga ("O ouro triunfa cruelmente, / Este metal acorrenta Vênus, / E Phitis sempre cego / escraviza as belas"), ou com valor explicativo, em suma, prometedor: "O erro é dos deuses que me fizeram tão louca" para *Felícia ou minhas extravagâncias*. Ou também que parodiam os romances com pretensão pedagógica e moral: "Obra muito útil a todos os jovens que quiserem fazer um curso de libertinagem" para *La Messaline française ou les nuits de la duch... de Pol...* (*A Messalina francesa ou as noites da duqu... de Pol...*, panfleto de 1789). Ou, finalmente, francamente obsceno como este "Foder pelo cu é de um Deus, comer a vagina é de um homem" no caso de *Les derniers soupirs de la garce en pleurs, adressés à la ci-devant noblesse, et dédiée à la triste, sèche et délaissée (Os últimos suspiros da garça em lágrimas, dirigidos a essa nobreza, e dedicada à triste, seca e abandonada)...*, 1790. É muito difícil estabelecer com rigor a relação de efeito entre título e exergo. Nada aqui é da ordem da lógica de um sistema. Duas grandes categorias, porém, predominam: elas confirmam as hipóteses já antecipadas para os títulos e seus comentários. Os exergos servem ora para revelar o aspecto paródico dos títulos, ora para acentuá-los a ponto de designá-los como excesso, ou ainda para sublinhar brutal e grosseiramente o aspecto licencioso do título. O que equivale a dizer que o exergo pertence plenamente a este sistema extremamente flexível que constitui, apesar de tudo, a página do título do livro erótico.

LOCAIS DE EDIÇÃO E EDITORES

O local de edição, o nome do editor representam o terceiro elemento significante do anúncio do impresso licencioso. Na maior parte dos casos eles formam um conjunto coerente: seja por se apresentarem, um e outro, com a seriedade e a verossimilhança das edições correntes, seja por fazerem parte de uma inventividade obscena que, às vezes, se estende até a própria data. Forneceremos como

3 É assim com *L'art priapique, parodie des deux premiers chants de l'Art poétique, par un octogénaire*: "Eu vivi, eu gostaria de ser útil àqueles que viveram". Duclos, *Considérations sur les mœurs*. Sob a insígnia do Boileau *dindonné* (enganado), 1764.

modelo do primeiro caso O *Aretino francês, por um membro da Academia das mulheres*, Londres, 1787. Tudo se passa então como se o título, aqui a referência ao Aretino, sinal perfeitamente claro, bastasse por si mesmo. A hipótese é confirmada por "Amsterdam, 1789" para *A arte de foder de quarenta modos ou a ciência prática das mulheres da vida*, ou "Colônia, os herdeiros de Pierre Marteau", para o *Gabinete de Amor e de Vênus*, ou, enfim, *A cortesã anafrodita ou a virgem libertina*, "Avignon, 1787". Certas designações, perfeitamente neutras, do local de edição e do editor são mais difíceis de interpretar, como *Thémidore*, à custa da Companhia, 1745", cujo exergo, emprestado de Ovídio, e as conotações particulares do nome-título podem deixar entender a um leitor especialmente atento que se trata de uma narrativa licenciosa. Mesmo procedimento com a obra de Fougeret de Montbron, O *canapé cor de fogo*, "Amsterdam, Compagnie des Libraires, 1741", em que intervêm com uma discrição exemplar, e por isso mesmo talvez atraente, o léxico de alcova e a notação estranha, mas provavelmente "temperamentosa", como o teria dito Rétif de la Bretonne, da cor do fogo. Temos de admitir que em casos extremamente raros a técnica de apelo do romance erótico é perfeitamente insidiosa e se funda, diferentemente da regra mais geral, sobre o alusivo e o discreto.

A respeito desse modelo totalmente calcado no impresso corrente e lícito, mesmo se a indicação de Pierre Marteau ou de Amsterdam possa sugerir o contrabando e o livro proibido, uma excessiva precisão do nome do editor pode indicar de uma maneira indireta que se trata de um endereço falso, sinal, portanto, de um livro proibido, ou simplesmente, quando a censura é abolida, que o texto proposto conserva a tradição de segunda prateleira do Antigo Regime. Assim, em 1765, *Lucette ou os progressos da libertinagem*, "em Londres, Jean Nourse, no Strand", ou *Les délassements secrets ou les parties fines de plusieurs députés de l'Assemblée Nationale (Os repousos secretos ou as partes finas de vários deputados da Assembléia Nacional)*, "Londres, Imprensa do Palácio Saint James, 1790", ou ainda *Histoire de Marguerite, fille de Suzon, nièce de dom Bougre (História de Marguerite, filha de Suzon, sobrinha de dom Bougre)*, "Paris, Imprensa do Louvre, 1784". Deve-se admitir, como já foi observado, que, se a abolição da censura pela Revolução modificou o estatuto da literatura erótica acentuando a supervalorização grosseira e a mistura do obsceno e do político, o peso das tradições de um gênero codificado continuava significativo, a ponto de reconduzir práticas de apelo a um contexto que não mais as legitimava.

Sem tornar-se, apesar disso, perfeitamente explícita, a narrativa erótica (e sem dúvida mais amplamente o livro proibido) inventou na sociedade do Antigo Regime uma série de marcas editoriais que serviam para indicar sua verdadeira natureza, mesmo se o título já houvesse dito tudo ao leitor. É a fórmula "em Constantinopla" ou, por derrisão desta vez, "da Imprensa do Vaticano"[4]. A nota anticlerical não está ausente destes lugares imaginários: "de Paracleto"[5], "da Imprensa do clero"[6], "Roma, da Imprensa do Papa" ou "Roma, à custa dos Religiosos do Governo das Carmelitas"[7]. Ainda mais que eles atuam, muitas vezes, por contraste com a intensa obscenidade do próprio título. Paradoxalmente, o local mais afastado e mais estranho às crenças religiosas da França católica desempenha o mesmo papel que a mentirosa referência à ortodoxia. Isso mostra a flexibilidade das estratégias empregadas pela literatura erótica nos seus esforços para definir-se e apresentar-se. Tudo o que já foi dito sobre as relações entre mundo clerical e imaginário erótico pode ser repetido aqui. Nisso há evidentemente uma dimensão histórica, o reflexo de um estado da sociedade. Mais, parece, como reação contra a vontade da Igreja Católica de regular a vida sexual dos homens da sociedade do Antigo Regime com a ajuda do poder secular do que para denunciar um imoralismo perverso da vida conventual ou uma corrupção moral generalizada dos membros do clero. Podemos atribuir outras razões a um tal encontro temático: o convento, sociedade fechada, dedicada inteiramente à satisfação do desejo, encontra-se com a economia autárquica de todo o imaginário pornográfico e de sua escrita. Recordemos também o peso de uma tradição anticlerical vinda da Idade Média e que é legitimada, no século XVIII, pela reflexão anti-religiosa das Luzes.

Uma série relativamente importante de locais de edição emprestados da cultura ou da geografia gregas prova que estes consti-

---

4 São dados como da "Imprensa do Vaticano" *Les monuments du culte secret des dames romaines...*, 1787.

5 De Paraclet, *Lettres galantes et philosophiques de deux nonnes*, publicadas por um apóstolo da libertinagem, 1777.

6 "Em Luxurópolis, da imprensa ordinária do clero" para *Les lauriers ecclésiastiques ou campagnes de l'abbé de T...*, 1748.

7 *Histoire merveilleuse et édifiante de Godemiché*, encontrada em um antigo manuscrito da Biblioteca da Sagrada Congregação das Religiosas, pelo abade D..., em Roma, à custa das religiosas do Governo das Carmelitas, 1776.

tuem um sinal perfeitamente percebido pelo amador da segunda prateleira. Deste modo, encontraremos o célebre "Paphos"[8] ou "em Citera"[9] ou "em Cupidópolis"[10], com as variantes: "Florença, Cupidon" ou "La Nouvelle Cythéropolis"[11]. A referência grega é tão importante, que a simples indicação "Grécia" pareceria bastar. Por diversas vezes, o local de edição é Lampsaque, antiga cidade da Ásia Menor situada no Helesponto, célebre por seus jardins magníficos, os vinhos reputados e seus templos. Deve-se admitir que se emprega em tais indicações o mito da Grécia como terra privilegiada dos amores, mesmo se fossem desviantes. O século XVIII tem um interesse particular por Safo e pelo amor socrático, ao qual o próprio Voltaire consagra um artigo do *Dicionário filosófico*.

Mas é na obscenidade dos locais de edição e dos nomes dos editores ou das livrarias que o livro pornográfico se revela com toda sua força. Aí, nenhuma ambigüidade. A mensagem é clara e designa com força a natureza do livro oferecido à leitura. Esta obscenidade serve, por vezes, para tornar mais preciso um local de edição exageradamente elegante. Assim, "Citera, em todos os bordéis de Paris"[12]. Ou ainda "Paris, na Imprensa da fodamania"[13]. Certas designações fazem referência, sem verdadeira grosseria, ao caráter pornográfico da obra, como "Luxurópolis, da Imprensa do clero"[14], "Roma, edição Philotanus"[15]. Outras operam por filiação como os títulos e os exergos: "Roma, edição dom Bougre, das três virgens"[16]. Mas uma tal moderação é totalmente excepcional. Em regra geral, é antes o excesso que domina. Indiquemos alguns locais de edição que falam clara e enfaticamente: "Colhópolis"[17], "Hélion Fodópolis"[18], "Punhe-

8 *Le cabinet de Lampsaque* ..., 1784.

9 *Le bordel national*..., 1790.

10 *Les reclusières de Vénus*, 1750.

11 *Anandria ou les confessions de mademoiselle Sapho*, 1789.

12 *Le bordel national*..., 1790.

13 *Les rendez-vous de Madame Élisabeth*..., 1790.

14 Ver nota 6.

15 *Histoire de dom B*..., *op. cit.*

16 *Le petit-neveu de l'Arétin* ..., 1800.

17 *Les amours, galanterie ou passe-temps des actrices*..., 1700.

18 *Les coutumes théâtrales ou scènes secrètes des foyers*..., 1793.

tas"[19], "Enrabadas"[20], "Chupadas"[21]. Os impressores e livreiros não cedem em nada em grosserias. Teremos: "Da Tipografia de Crispinaille"[22], "Na casa de todas as putas do Palais-Royal, e particularmente na casa das religiosas de Montmartre"[23], "Em Clitoris, livraria do esperma, em frente à fonte da semente da Virgem de Ouro"[24]. Um caso excepcional de local de edição e de impressão mostra até onde pode ir uma obscenidade franca, incontrolada e sem outra qualidade literária que sua própria brutalidade: "em Fodópolis, na casa de Braquemart, livraria, rua do Tire-Vit, no colhão de ouro, com permissão dos superiores"[25].

Os acontecimentos revolucionários acentuaram, como se sabe, a tendência à obscenidade dos títulos, mas também dos locais de edição e dos editores imaginários, misturando o pornográfico e o político. Assim, um panfleto indica: "Impresso em Démocratis, à custa dos fodedores demagogos, 1792". E um outro, já evocado, traz no rodapé da página do título: "em Gamahuchon, e se encontra em todos os lugares nacionais de foda, Ano II da regeneração da foda". Um terceiro dá como data de publicação: "Ano I da bem-aventurada foda, 1790"[26]. Um último: "Ano segundo do sonho da liberdade"[27].

É raro que os locais de edição e o nome do impressor sejam, fora desta inventividade lingüística obscena, o objeto de um outro tipo de pesquisa. Devemos, no entanto, citar "Alphonse, dito o impotente... Em Origénie, na loja de João que não pode, no grande eunuco, 1740"; uma *Arte priápica, paródia dos dois primeiros cantos da Arte poéica de Boileau*, dada como editada em Namur, "na marca de Boileau enganado em 1764". Finalmente, um último, *A anti-Justine ou as delícias do amor* de Rétif de la Bretonne publicado "no Palais-

19 *Les derniers soupirs de la garce en pleurs...*, L'An I de la bienheureuse fouterie, 1790.

20 *Les petits bougres au manège...*, L'An second de la liberté.

21 *Requête et décret en faveur des putains...*, L'An second de la régénération foutative.

22 Ver nota 18.

23 Ver nota 19.

24 *La nouvelle Messaline*, tragédia..., 1774.

25 *Dom Bougre aus États Généraux...*, s.d.

26 Ver nota 19.

27 Ver nota 20.

Royal, na casa da falecida viúva Girourd, muito-conhecida", em que o adjetivo deve ser entendido no sentido bíblico e sofre às vezes um corte *(con – nue)* que lhe confere todo um sentido erótico.

O conjunto que o local de edição e o nome do editor formam na página de título não contradiz em nada os efeitos produzidos no leitor pelo título ou pelo exergo. Ele os acentua. Ser-lhe-á autorizada uma liberdade de expressão muito maior, um recurso freqüente à obscenidade mais grosseira. Tudo se passa como se, salvo alguns raros casos de neutralidade que já apresentamos, o conjunto que completa a página do título e que é, segundo toda lógica, o último lido, devesse desfazer qualquer ambigüidade. No caso, é claro, o que não é muito provável, em que restasse alguma dúvida sobre a natureza da obra proposta no espírito do leitor em potencial.

OS FRONTISPÍCIOS

Falta analisar os frontispícios. Eles são raros, pois convém notar que nem todos os livros eróticos são ilustrados. Cerca de dois em três o são, e um número muito reduzido destes livros ilustrados apresenta um frontispício que se correlaciona com a página do título. Proporemos aqui algumas reflexões a propósito de quatro dentre eles: *Vênus no claustro ou a religiosa de camisola*, "nova edição enriquecida de figuras gravadas em talhe-doce, em Düsseldorf, edição H.V. Roosen Commis des Postes, 1746" (Fig. II); *Memórias de Suzon, irmã de D.B., porteiro dos cartuxos, escritas por ela mesma, onde se acrescentou A Pérola dos planos econômicos ou a quimera razoável*, Londres, 1778 (Fig. III); *Minha conversão ou o libertino de qualidade*, 1783 (Fig. IV); *Decretos dos sentidos sancionados pela volúpia*, "obra recente, Roma, Imprensa do Papa, 1793" (Fig. V). A exigüidade de tal amostragem não permite tirar conclusões, que seriam necessariamente prematuras. Uma observação inicial se impõe, e é válida para a iconografia erótica, em geral: a qualidade das gravuras é, na maioria das vezes, medíocre e a execução malfeita e apressada. Nelas encontramos erros de perspectiva, desproporções chocantes e uma distribuição elementar dos efeitos de sombra e de luz pela hachura. Tem-se a impressão de que se trata de um trabalho de amador pouco dotado. Estamos evidentemente longe da graça e da qualidade da gravura de ilustração dos Gravelots ou dos Eisens. A gravura erótica parece ser, muitas vezes, atividade de tarefeiros, como o deixa entender a lista dos gravadores pornográficos conduzidos à Bastilha.

Nenhum nome realmente conhecido: fica-se sempre no universo dos medíocres. O que não é verdade para os gravadores de interpretação que deram freqüentemente ao século XVIII gravuras eróticas de muito boa qualidade. Pretendeu-se que alguns artistas de grande renome (insinuou-se isso até do virtuoso Greuze) não desdenhavam a ocasião de fornecer a alguns amadores, esclarecidos e bem providos, gravuras de nus, em primeira tiragem, que, depois, eram retomadas e vestidas.

Há aqui, portanto, nestes poucos frontispícios, uma grande inépcia técnica, com exceção do frontispício das *Memórias de Suzon*, de qualidade aceitável, sem ser, apesar disso, notável, e de uma maior inventividade não desprovida de humor, como mostraremos mais adiante. Notemos ainda que o frontispício em sua parte escrita só retoma o essencial do título e, às vezes, de maneira enganosa. *As memórias de Suzon* passam a ser *Memória de Suzon... escrita por ela mesma*. O frontispício de *Minha conversão* suprime o comentário, mas integra o exergo latino. O frontispício particularmente grosseiro e confuso em sua execução de *Teresa filósofa* (Fig. VI) não retoma o que tem relação com o padre Girard e com sua penitente, mas em compensação cita no rodapé da gravura uma sentença explicativa: "O homem abraça a Volúpia por gosto, ama a Filosofia pela razão". É, então, evidente que a página do título é mais completa do que o frontispício no qual faltam o local de edição, o impressor e a data da publicação, exceção feita ao *Decreto dos sentidos* e *Minha conversão*. Tudo isso mostra que o frontispício não se limita a uma função de resumo ou de prólogo, segundo sua posição. Na apreensão rápida do livro, tal como ela foi postulada durante esta análise, folheia-se, lê-se a página do título, olha-se, se existe, o frontispício: a escolha é feita. Nesta tomada de contato, que engaja ou não à leitura, ou pelo menos à compra, o frontispício desempenha um papel próprio. Poder-se-ia pretender, num caso-limite, que, neste, o texto é supérfluo, a não ser que ele seja concebido como chamariz, esclarecido pela imagem e completado pela página do título. O essencial é, pois, força sugestiva da imagem.

A imagem que o frontispício do livro erótico apresenta utiliza lugares-comuns que ela perverte e desvia. Cupido, por exemplo, não é mais ali um anjinho alado, inocente e ingênuo, mas um jovenzinho ativo e atrevido como nos frontispícios de *Vênus no claustro* ou de *Minha conversão*. À maneira do próprio texto erótico, a imagem do frontispício pode proceder a uma saturação do espaço da gravura pelos corpos oferecidos e despidos como em *Minha conversão*, em que

Fig. II: Frontispício de *Vénus dans le cloître ou la religieuse en chemise (Vênus no claustro ou a religiosa de camisola)*, Düsseldorf, 1746.

Fig. III: Frontispício de *Mémoires de Suzon, sœur de dom Bougre* (*Memórias de Suzon, irmã de dom Bougre*), Londres, 1778.

Fig. IV: Frontispício de *Ma conversion ou le libertin de qualité* *(Minha conversão ou o libertino de qualidade)*, de Mirabeau, Londres, 1783.

Fig. V: Frontispício de *Décrets des sens sanctionnés par la volupté* *(Decretos dos sentidos sancionados pela volúpia)*, Roma, 1783.

Fig. VI: Frontispício de *Thérèse philosophe* (*Teresa filósofa*), do marquês d'Argens, Haia, s.d.

quatro mulheres nuas atraem um homem vestido, que está escrevendo, sentado a uma mesa. E, para bem mostrar que não se trata de divindades assexuadas, um amor aponta, com o dedo, o sexo de uma delas ao escritor inspirado, enquanto por uma janela (?) aparece um Mercúrio, também nu, exibindo um falo vigoroso. Os corpos gravados não têm o brilho estranho das divindades tradicionais: seios carnudos, ancas firmemente desenhadas, sexo bem acentuado estão aí para lembrar que se trata de corpos carnais, nutridos de desejos bem reais. Esta mesma imagem do frontispício pode ser mais limitada em seus efeitos: *Vênus no claustro* mostra uma mulher com um profundo decote, arregaçando sua saia, para um amor que a acaricia com a mão estendida. A postura sugere (mulher ajoelhada sobre uma espécie de tamborete) as ginásticas e o *voyeurismo* próprios da narrativa erótica. O amador que olha este frontispício não vê nada ou, antes, vê o amor que vê. Estamos diante de uma completa delegação do olhar que traduz a posição do leitor no processo de leitura. O sentido fica menos claro no frontispício dos *Decretos dos sentidos*. Um só corpo de mulher nua estendendo uma pluma de ganso para uma mulher em traje de corte do Antigo Regime, com um decote profundo e que escreve, supõe-se, o título da obra sobre um livro que lhe estende uma espécie de Mercúrio alado cuja lira (trata-se de Apolo?) está abandonada no chão. Aos pés da mulher em traje de corte, um querubim parece desfolhar sua aljava. É notável que um tal frontispício misture o realismo, a mitologia e o erótico simbólico em um conjunto pouco significativo. Deve-se admitir, em um tal caso, que a Revolução que libera os textos e acentua a grosseria dos títulos torna as imagens sensatas a ponto de deixá-las eroticamente neutras?

Esses frontispícios apresentam elementos complementares. Em *Vênus no claustro*, o arco do Amor distendido caiu ao chão, é o que a gravura permite reconhecer. Estranha penitência. Do cartucho que ocupa a parte superior pendem um rosário, cuja cruz vem tocar o braço da mulher que se despe, e dois martinetes, instrumentos da flagelação. No centro do mesmo cartucho, um rosto escarnecedor de sátiro ou de fauno sublinha a dimensão erótica já bem presente. Em *Minha conversão*, acima do cartucho que contém o título, uma cabeça de bobo da corte, com seu gorro de sinetas, que indica o caráter exagerado do texto como uma retomada do local de edição: Bicêtre, onde na época havia um importante e simbólico asilo. A qualidade medíocre das gravuras não permite decifrar claramente os objetos representados nos motivos da moldura: máscaras de teatro, no caso de *Minha conversão*, e para quem olha com atenção o frontispício das *Memórias de Suzon*, manifestamente puro estilo Luís XVI, com uma ornamentação como as dos espelhos, sob a coroa de louro, os canhões cruzados à maneira de um troféu são na realidade dois pênis que se apóiam em um sexo feminino, a própria fita tradicional deste tipo de ornamento evoca dois pares de testículos. Observemos todo o jogo de contrastes: a mulher no centro da gravura parece evocar a inocência, mas com um gesto ambíguo que, em vez de dissimular a nudez, designa o corpo; designação esta retomada pelo falo, segurado pelo anjinho que acompanha o movimento do cartucho e, talvez, mais sutil e brutalmente, pelo motivo ornamental logo que a gravura é decifrada.

Mesmo com menos elementos, poderíamos avaliar a importância sinalética do frontispício no livro erótico do Antigo Regime.

CAPÍTULO 8

COMO CHEGAR LÁ? ALGUMAS ESTRATÉGIAS DA NARRATIVA ERÓTICA

PROBLEMAS DO ROMANCE NO SÉCULO XVIII

Repitamos, o livro erótico, no sentido em que foi definido, sem que, por esta designação, se emita sobre ele um julgamento moral ou qualitativo, tem uma finalidade fisiológica: despertar no leitor o desejo de gozar, deixá-lo em um estado de tensão e de falta do qual ele deverá se liberar por um recurso extraliterário. Como o vimos, o livro erótico engendra "maus hábitos": ele faz parte dos livros que são lidos com apenas uma das mãos, segundo Jean-Jacques, ou, mais vivamente ainda, segundo Mirabeau: "Curioso, indiscreto amigo! Então, tu queres penetrar assim os mistérios de Paphos? Bem! Lê, devora e masturba-te". Ou bem ele incita à busca febril de um parceiro, como o narra o herói de *A anti-Justine*, inflamado pela leitura da obra do marquês e que reconhece seu caráter incitante para melhor denunciar sua crueldade:

> *Fontenelle dizia: "Não há pena que dure contra uma hora de leitura". Ora, de todas as leituras, a mais arrebatadora é a das obras eróticas, sobretudo quando são acompanhadas de figuras expressivas. Pervertido pelas mulheres há muito tempo,* A Justine *de Dsds me caiu nas mãos. Ela me deixou em fogo. Eu quis gozar e o fiz com furor: mordi os seios de minha cavalgadura, belisquei a carne dos braços... Envergonhado deste excesso, efeitos de minha leitura, fiz para mim mesmo um* Erotikon *saboroso, mas não cruel; que*

> *me excita a ponto de me enfiar em uma corcunda, coxa, alta de dois pés. Tomai, lede e vós fareis a mesma coisa!*[1]

Se este texto de Rétif pode parecer contradizer nossa análise das interferências de que pode ser objeto a narrativa erótica, é que ele peca por simplificação do efeito de leitura: o leitor não quer chegar ao gozo pelos mesmos meios dos heróis dos romances que está lendo, ele quer, como ele, gozar, e a identificação termina aí. Mas ele também reconhece, fato fundamental, a leitura "arrebatadora" do livro erótico. O essencial é compreender como ele pode chegar a produzir este efeito extraordinário, que impõe uma ilusão que tem toda a força da realidade.

Para isso, poderíamos analisar todos os episódios dos romances eróticos que encenam uma leitura e descrevem seus efeitos. Pois é muito raro que o romance erótico não faça, num episódio narrativo razoavelmente desenvolvido, a descrição de seu próprio poder. Efeito de espelho, construção em abismo, sem dúvida alguma, que se presta a legitimar uma prática de escrita por si mesma, mas também constatação do papel iniciático que o livro lido desempenha da mesma maneira que o olhar que tem por objeto um enlace de corpos. Não se entra neste período do livro triunfante em vão. A leitura minuciosa de tais episódios, extraídos de *Teresa filósofa*, do *Senhor Nicolas...*, não é mais esclarecedora do que as exortações dos mandamentos da Igreja, que chamam a atenção para os efeitos nocivos da leitura sem explicar nem o como nem o porquê. Trata-se aqui do mesmo mistério que envolve a estranha alienação de Dom Quixote, ou de Javotte em *Le roman bourgeois (O romance burguês)*. Se a alienação pelo livro, qualquer que seja, é um tema recorrente, ele é pouco explícito e, na maioria das vezes, apresentado como uma simples atestação de fato, divertida ou assustada, não procurando interrogar-se acerca de um processo enigmático. Teríamos tendência a interpretá-la em termos de patologia do sujeito que lê. Dom Quixote é louco para o pároco que queima sua biblioteca, Javotte é maluco. Aqui, não é o livro que está em julgamento, mas o leitor. É, no máximo, o abuso da leitura que seria responsável por esses efeitos perigosos ou ridículos.

---

1 Rétif de la Bretonne, *L'anti-Justine*. In: *L'Enfer de la Bibliothèque Nationale*, Tomo II. Paris, Fayard, 1985, avertissement, p. 285.

Não se pode de nenhum modo utilizar esse argumento para o romance pornográfico. Pois ninguém pode escapar à sua influência e à sua sedução. As instruções de Tissot e de Bienville, as proibições clericais são bastante claras: sua leitura é totalmente interdita, pois não se pode escapar a seu poder. Nisso reside toda a diferença com os romances de cavalaria, as novelas galantes ou até os escritos filosóficos. Para aqueles que o cercam, os romances de cavalaria que Dom Quixote lê são velharias fora de moda e de uso, que não interessam mais a ninguém. E é unicamente em Dom Quixote que elas produzem os efeitos que conhecemos:

> *En resolución él se enfrascó tanto en su lectura, que le pasaban las noches leyendo de claro en claro, y los días de turbio en turbio; y así del poco dormir y del mucho leer se le secó el cerebro de manera que vino a perder el juicio. Llenósele la fantasía de todo aquello que leía en sus libros, así de encantamentos como de pendencias, batallas, desafíos, heridas, requiebros, amores, tormentas y disparates imposibles; Y asentósele de tal modo en la imaginación que era verdad toda aquella máquina de aquella soñadas invenciones que leía, que para él no habia otra historia más cierta en el mundo*[2].

A diferença em relação ao romance erótico, que não deixa escolha, é fundamental. Quem o lê sucumbe necessariamente à sua força de ilusão. Massillon, em seu *Discours inédit sur le danger des mauvaises lectures (Discurso inédito sobre o perigo das más leituras)*, definiu esta força de convicção do livro erótico como o perigo exemplar dos maus livros:

> *E vós pretendeis ler, Meu Irmão, livros em que a felicidade dos sentidos é representada como a felicidade suprema, estas paixões grosseiras que rebaixam o homem à condição animal, como necessidades naturais cuja satisfação é legítima, sem que vossa imaginação pegue fogo... Vós pretenderíeis ler histórias escandalosas em que são desenvolvidas todas as astúcias da libertinagem, todos os artifícios da*

2 Miguel de Cervantes, *Don Quixote*, Livro I, Cap. I.

devassidão, todos os expedientes do crime: em que o amor desta paixão que faz o tormento daqueles que ela escraviza é pintado com cores capazes de seduzir mesmo a razão da idade madura e da velhice; onde criaturas infames, devoradas por fogos impudicos, tentam queimar os outros, representando o objeto de seu culto insensato como seres dotados das mais belas qualidades [...][3].

Existe, pois, uma força particular do livro erótico que não é partilhada com nenhum outro livro, ainda que este fosse julgado perigoso e até proibido pelas autoridades religiosas ou pelo poder civil. Este poder do livro pornográfico se exerce sobre todos e todas, mesmo se se admite uma maior sensibilidade das mulheres à sua leitura, como o afirmam os que desprezam o romance, ou Bienville em *A ninfomania ou tratado do furor uterino*. Este poder provém da natureza do tema tratado? Dever-se-ia então admitir que a evocação dos jogos amorosos, por mais inábil que fosse, perturbaria seu leitor a tal ponto, que este desejaria imitá-los com violência. Uma tal hipótese é desmentida pelas interferências de que a narrativa erótica é, às vezes, vítima, e que então não provoca no leitor nenhuma incitação ao prazer. Devemos admitir, pois, que nem toda descrição da relação amorosa ou do corpo desejante é suscetível, por si mesma, de provocar o desejo irresistível de gozo. Isso equivale a dizer que há narrativas eróticas boas e ruins, no sentido em que algumas alcançam seus fins; enquanto outras nisso fracassam. E igualmente reconhecer que a escrita, a utilização de estratégias narrativas adequadas são os únicos elementos determinantes para o êxito ou fracasso do romance pornográfico na produção de um efeito de desejo. Assim, é a elas que convém interrogar prioritariamente.

Lembremos, antes de mais nada, que o romance do século XVIII é objeto de um debate. Interroga-se sobre seu valor moral: ele não desviaria de tarefas mais essenciais? Não incita ao devaneio e à ausência do mundo? Não nos leva a pecar, por abstenção? Enfim, não propõe ele modelos de comportamento em total contradição com a verdadeira vida e as obrigações morais e sociais? Viu-se que muitos elementos deste debate concernem ao romance erótico, cuja condenação e rejeição são ditadas por uma visão do imaginário roma-

3 Massillon, *op. cit.*, p. 10.

nesco e uma certa idéia das relações que deveriam existir entre a imaginação latente e o espaço narrativo. Além disso, durante todo o século, não se deixa de pôr em dúvida a possibilidade, para o romance, de exprimir a verdade. Obra de pura imaginação, seja qual for sua pretensão, ele se revelaria incapaz de dizer e de refletir a verdade. Submetido a convenções narrativas, morais e psicológicas, ele se afastaria necessariamente da realidade do mundo. Forçado, para agradar, a recorrer a lugares-comuns – quer se tratasse dos novos lances no desenrolar da intriga, da escolha de seu assunto ou dos caracteres das personagens definidas *a priori* –, ele seria tão distante da realidade quanto lhe é próxima a história. Pois é bem em nome da verdade produzida pelo discurso histórico que o condenam. A ilusão romanesca, cuja existência deve-se admitir, cria representações que não são o reflexo de acontecimentos e de situações reais, mas o produto de um conjunto de convenções que o leitor reconhece como verdadeiras graças ao hábito cultural. Diderot, em *Jacques, o fatalista*, zombou com verve das convenções romanescas e dos códigos de verossimilhança narrativa. O narrador defende-se de ter querido escrever um romance: "Eu vos poupo", afirma ao leitor a propósito de uma descrição do joelho de Jacques que poderia ser considerada extremamente apressada, "de todas estas coisas, que vós encontrareis nos romances, na comédia antiga e na sociedade". Como ele o repete, o leitor encontra-se no centro das paixões de Jacques, e não em um romance do abade Prévost. Isso significa que o romance do século XVIII tem má consciência de dever se reconhecer como ficção: invenção e mentira. Sua única maneira de responder aos detratores é dissimular o que ele é, apresentar-se, sem afetação, como a transcrição de uma história que teria realmente acontecido. Diderot, denunciando as invenções do abade Prévost, as substitui pelas suas sob o pretexto de apenas ser o escrevente das conversas entre Jacques e seu Mestre. A seu modo, todo autor de romance esforça-se por dissimular a ficção que oferece ao público. Jean-Jacques nisso se esforçou melhor e ainda mais do que qualquer outro nas primeiras páginas da *Nova Heloísa*. Segundo seus autores, os romances seriam outros tantos manuscritos encontrados em malas – prova de que não se visava publicá-los –, memórias autênticas escritas à beira da morte por seres de destino social ou amoroso digno do interesse do público, ou ainda cartas trocadas cujos maços foram encontrados por acaso, desempoeirados e ordenados pelo editor, que não pôde resistir ao prazer de oferecê-las ao público. A estes sistemas de credibilidade, que não deixam de proclamar que o romance não é um romance, pertencem *A vida de Mariana, O camponês arrivista, A religiosa, A nova Heloísa* ou *As ligações perigosas,* para citar apenas estes. Mas também, é claro, a maior parte dos romances eróticos do século, que fazem uso e abusam do sistemas de credibilidade que o romance contemporâneo elabora para seu uso.

O "EU" ÉROTICO

Citemos alguns exemplos. Há poucos romances epistolares, exceção feita às *Lettres galantes et philosophiques de deux nonnes publiées par un apôtre du libertinage (Cartas galantes e filosóficas de duas freiras publicadas por um apóstolo da libertinagem)* (1777) ou *La correspondance d'Eulalie ou tableau du libertinage de Paris (A correspondência de Eulalie ou quadro da libertinagem em Paris)* ou *La correspondance de madame Gourdan, dite la Comtesse (A correspondência de madame Gourdan, chamada a Condessa)* (1783). Mas uma excepcional abundância de romances em primeira pessoa, com título construído segundo o modelo "História de" *(História de dom Bougre* e seus múltiplos derivados), "Confissões de" *(Anandria ou confissões da senhorita Safo)* (1789) ou ainda sem nada que deixe pressagiar que se trata de memórias ou de confissões. Assim, *Anti-Justine, Teresa filósofa, A bela alemã, O canapé cor de fogo, Felícia ou minhas extravagâncias, Hic-et-haec ou o aluno dos reverendos padres jesuítas de Avignon, Minha conversão, Margot a remendeira,* são outros tantos romances em primeira pessoa. A escolha de tal forma não pode ser fruto exclusivo do acaso ou a aceitação de uma moda. Há aí um encontro necessário, uma adequação entre uma forma e um projeto.

Às vezes, há mesmo exagero na utilização da narrativa em primeira pessoa. Com muita freqüência, introduzem-se, na narrativa principal, cujo herói é também narrador, narrações intercaladas que obedecem à mesma construção enunciativa. *História de dom Bougre,* por exemplo, contém também o "Récit de Suzon" (Relato de Suzon), "Histoire de la sœur Monique" (História da irmã Mônica), depois a "Suite de l'histoire de la sœur Monique" (Continuação da história da irmã Mônica). A passagem de uma narração a outra é feita pelo viés de um encontro e de uma demanda. Solicitada por sua amiga, Suzon relata sua experiência do convento onde foi educada:

> *Vê-se bem que tu estiveste em um convento: como isso modela uma moça!*

— *Oh! realmente, respondeu-me, se nunca tivesse estado, ignoraria muitas coisas que sei.*

— *Eh! dize-me, então, o que tu sabes, retomei com vivacidade, eu morro de vontade de saber!*[4]

Suzon substitui naturalmente Saturnin como narradora. As falas e papéis alternados são então distribuídos: Suzon é a narradora e irmã Mônica, sua interlocutora. Mas do que se narra aqui a Saturnin, Saturnin é de fato o verdadeiro narrador. Na realidade, faz-se rapidamente economia desta função de Saturnin e das marcas verbais ou onomásticas ("diz irmã Monique" ou "respondi", por exemplo), permitindo situar com precisão os participantes da troca, para dar a impressão de uma conversação ou narração apreendida no seu natural e, deste fato, acentuar o efeito de realidade e também de teatralização. Nestas passagens, a situação é próxima da do teatro onde os personagens dialogam entre eles como se estivessem sós, ao passo que suas falas se dirigem ao espectador invisível e atento. Quando, mais adiante, a conversação dá lugar a uma narração, Suzon volta a ser muito naturalmente a narradora aparente. Um diálogo e narração tais que, na lógica da narrativa, pertence ao passado – eles são contados em uma narração retrospectiva –, terminam por se atualizar. O passado vem a ser o presente. Tudo é lido sob o modo da atualização imediata e do contemporâneo.

Essa diferenciação do tempo e das vozes narrativas, a caracterização de cada um dos interlocutores não são fundamentalmente necessárias à narrativa erótica. Ao contrário. O essencial é esta presença de uma voz, de um sujeito que narra, como se fosse exterior à sua narrativa, como o tempo transcorrido e a tomada de distância da memória tornam possível. O emprego do artifício para produzir um efeito de presença narrativa e, então, de realidade é particularmente sensível no anúncio da obra "História da irmã Mônica". É irmã Mônica, afirma Saturnin, o narrador, que vai exprimir-se pela boca de Suzon: "Por mais arrebatado que deva vos parecer o caráter desta irmã, temo que minhas expressões estejam ainda aquém da realidade: o pouco tempo que passei com ela fez-me conceber uma idéia que não me é possível restituir fielmente"[5]. A narração intercalada

4 Gervaise de la Touche, *Histoire de dom Bougre*. In: *L'Enfer de la Bibliothèque Nationale, op. cit.*, Tomo III, p. 50.

5 *Id., ibid.*, p. 56.

confessa aqui sua duplicidade. É outra e é a mesma. Ela não tem nenhuma função explicativa na lógica da narrativa geral e serve, primeiramente, para legitimar o deslocamento no espaço do jogo erótico e de sua repetição. Ele deixa supor uma inovação, promessa que não pode cumprir, já que, sob as aparências da diversidade, ela é pintura do mesmo. É provavelmente por isso que a voz narrativa se esgota para se fazer diferente, sem consegui-lo. Indiferenciada, ela confessa sua incapacidade de criar uma diversidade dos corpos e de suas relações amorosas. Mas desta fraqueza ela faz uma força, já que é esta a condição necessária para obter do leitor o desejo de gozo.

Encaixes semelhantes poderiam ser localizados na maior parte dos grandes textos eróticos. Poucos derrogam a regra da reiteração sob a aparente heterogeneidade que o encaixe das histórias contadas confere. Citaremos a "História da senhora Boi-Laurier" em *Teresa filósofa* e as inumeráveis narrativas, contos e histórias (como nomeá-los?), com duração e funções variáveis, que escandem a *Anti-Justine* de Rétif de la Bretonne. Pode-se até perguntar se o fato de este romance ficar inacabado (ele termina com um misterioso e incompleto "Ela...") não constitui, talvez a contragosto, o signo de uma possibilidade sempre presente de recomeçar o romance erótico pelo encaixe de uma nova narração, a entrada em cena de novos parceiros, uma redistribuição de casais e de figuras. Nunca ter fim é característico da natureza do romance erótico. Provavelmente, à imagem deste desejo que ele procura suscitar e que renasce no instante mesmo de sua satisfação.

As narrações intercaladas participam, pois, dessa construção em espelho tão importante, como se verá, na escritura da pornografia, em que se trata de mostrar, indicando muito claramente, que o objeto mostrado é percebido por um olhar, que é ele próprio designado como o que está olhando. Eles também representam a ilusão de uma progressão dramática da narração, real sucessão de peripécias que cria uma tensão narrativa, enfim de uma multiplicidade de personagens com individualidades contrastadas e diferentes. Isso mostra a importância dos discursos intercalados para o efeito óptico, poder-se-ia dizer, atrás do qual se abrigam essa nudez e crueza essenciais ao romance pornográfico. Pois essa voz, narrativa, familiar ao leitor até o excesso, falsamente diversificada para atestar a presença múltipla do desejo pelas diversas retomadas das narrações intercaladas, se ela serve para produzir no leitor um efeito de realidade, à maneira tradicional do romance nesta segunda metade do século XVIII, ela revela também que os personagens são desprovidos de individualidade. Estes não são mais do que puras ficções. Pouco importa que tal ou tal mulher seja jovem ou velha, morena ou loira, grande ou pequena, bela ou feia, seca ou carnuda, já que é seu desejo e unicamente ele que lhe permite aceder ao universo romanesco. O fato de pertencer a esse mundo paradoxal e plenamente carnal e, no entanto, abstrato dos heróis pornográficos deve-se à sua possibilidade de gozar. Pois o destino romanesco desses personagens reduz-se a esse gozo esperado, desejado, e enfim conquistado. Aquém e além desse gozo, eles não são nada. Aprenderemos sempre mais a respeito de suas particularidades anatômicas que acerca do seu caráter. Aqui, nenhum vestígio do que se denomina tradicionalmente a espessura psicológica. O herói pornográfico, próximo do leitor como um irmão, é um herói sem memória. Seu gozo, por mais fulminante que seja, não deixa traço. Ele é esquecido tão logo experimentado para que o desejo renasça, tenaz e triunfante. Nem recordação nem amor. O herói é uma perpétua ausência e um perpétuo recomeço. Se uma única voz narrativa se faz escutar sob timbres ilusoriamente diversos, é que, no espaço romanesco, os heróis, sob a diversidade de suas aparências, a diferença de sexo mesma, não são mais do que desejo e busca febril do gozo; e no processo de leitura, eles são esta voz única que narra incansavelmente a posse e o prazer.

O que poderia então aparecer como um defeito é da ordem de uma necessidade funcional: a ausência de análise psicológica dos personagens, e até simplesmente a unicidade da voz narrativa, a despeito das narrações intercaladas em primeira pessoa, são alguns dos elementos graças aos quais chega-se a constituir o efeito de leitura do romance pornográfico. Nada de estados de espírito, mas um estado de corpos; nada de reflexão sobre si, mas uma ação, sempre a mesma, dos corpos desejantes. Um discurso na primeira pessoa, que não visa de maneira alguma a diversificar as vozes narrativas e que, sobretudo, faz questão de estabelecer com o leitor uma relação privilegiada de escuta, uma intimidade própria desta leitura indiscreta das relações amorosas.

Na mesma perspectiva, deve-se tentar compreender a construção em episódios descontínuos: nada os une verdadeiramente senão o desejo e o gozo que nestes se repetem como um *Leitmotiv*. O mecanismo é simples: mudam ora o parceiro, ora o lugar, ora as posições. Um mesmo episódio pode, aliás, oferecer várias figuras dos jogos dos exercícios corporais do amor ao aumentar o número dos parceiros entregues ao frenesi dos corpos apaixonados. Nada se modifica estruturalmente de um episódio a outro: o tempo, a progressão e o desfecho são sempre os mesmos. Seria, aliás, contra-indicado que fosse de outra maneira. O leitor, em geral, não o deseja; e o efeito erótico do texto estaria, por causa disso, gravemente comprometido. Pois, no romance pornográfico, e este é outro de seus paradoxos, o leitor sabe com o que contar, e pode-se duvidar que ele queira algo de novo ou de inédito. Os arranjos amorosos, às vezes, até os desvios comportamentais descritos só têm sentido porque conduzem a um gozo maior ainda. O herói apaixonado, enganado ou decepcionado na sua espera, faz mais parte da comédia cantada ou do conto virtuoso do que do romance erótico. Se ele é submetido a um tratamento amoroso que o esgota a ponto de obrigá-lo a renunciar aos prazeres (é o fim do próprio dom Bougre), ver-se-á nisto a prova de uma total disponibilidade sexual de seus parceiros, fato para o qual o imaginário procura a confirmação na sua leitura. Logo, seja qual for a pretensão do romance, trata-se de episódios isoláveis e sem grande relação uns com os outros, a ponto que se pôde publicá-los durante todo o século XIX como narrativas autônomas.

O LEITOR POR VIOLAÇÃO

Esses episódios amorosos impõem-se ao leitor como imagens fixas, ou mais exatamente como um quadro vivo que seria visto apenas por ele. Todas as descrições reclamam seu olhar alucinado. Nada mais alheio à leitura em voz alta do que o romance erótico que exige solidão, concentração e silêncio. É aí verdadeiramente que nós nos precipitamos no livro como em uma câmara escura.

Há um paradoxo: se a narrativa é em primeira pessoa, sua função, no entanto, é a de mostrar e, assim, designar o que deve ser percebido. Tudo se passa como se a voz narrativa desempenhasse o papel de guia e se exercitasse a assinalar tal ou tal elemento do quadro, como a varinha do expositor de imagens. Daí uma escrita que capta a atenção pela concentração no essencial, graças a planos fixos, ou pela ampliação de detalhes particulares até a vertigem obsessional. Dos corpos em movimento empenhados na justa amorosa, o narrador só percebe o sexo desejante. Se há troca verbal, é para cumprimentar uma anatomia, encorajar o esforço, reclamar o gozo. A narrativa erótica opera por dissociação e parcelamento para, em seguida, proceder por hipérboles. Assim, a mulher, descrita primeiramente como um conjunto (charmoso ou não; como vimos, o problema é secundário), termina por se reduzir ao brasão de uma única parte do seu corpo, suscetível, de resto, a multiplicar-se ao sabor das invenções da justa amorosa.

O narrador tem um duplo papel: ele descreve e age. Ou mais exatamente descreve o que vê e se descreve enquanto age. À maneira da gravura, ele ilumina com uma luz brusca o que deve ser momentaneamente percebido; todo o resto fica na sombra. Ele é uma voz que está a serviço de um olhar e que explicita os elementos do quadro oferecido ou que está sendo construído. Isto significa dizer que ele desempenha, como intermediário forçado, o papel do leitor. O romance organiza sua própria leitura por uma espécie de delegação multiplicada do olhar. Não é raro que um herói surpreenda um casal apaixonado (episódio que está presente em *Teresa filósofa*, em *Dom Bougre*, *Hic-et-haec*, *O levantar da cortina ou a educação de Laura*, e é recorrente nos romances de Rétif de la Bretonne...). Ele espiona através de uma fenda, um buraco feito voluntariamente em um tapume. Seu olhar só percebe então a cena amorosa ou o fragmento amoroso dos corpos em uma visão focalizada ao extremo:

> *Passada apenas meia hora, Lucette adormeceu profundamente, narra a heroína de Mirabeau, me tomou em seus braços e, puxando-me para seu quarto, me fez entrar na sua cama; surpresa por esta nova acomodação, minha curiosidade foi despertada num instante. Levantei um momento depois e corri num passo leve na direção da porta envidraçada e daí afastei um pouco a borda da cortina. Fiiquei muito espantada de ver o colo de Lucette totalmente descoberto. Que seio charmoso! Duas semi-esferas de uma brancura de neve, do centro das quais saíam dois morangos nascentes da mais viva cor de carne, repousavam no seu peito; firmes como o marfim, eles não tinham outro movimento que o de sua respiração. Meu pai os olhava, manipulava-os, beijava-os, chupava-os: nada a acordava. Logo ele tirou todas as suas roupas, e levou-a para a beira da cama que ficava em frente da porta em que eu me encontrava. Tirou sua camisola, vi duas coxas de alabastro, redondas e roliças, que ele entreabriu [...].*[6]

6 Mirabeau, *Le rideau levé ou l'éducation de Laure*. In: *L'Enfer de la Bibliothèque Nationale*, *op. cit.*, p. 323-4.

Este trecho de *O levantar da cortina ou a educação de Laura* ilustra perfeitamente o papel de observador furtivo destinado ao narrador nos primeiros episódios do romance. Ele ilustra também a percepção parcelada dos corpos, a fragmentação irresoluta dos atos que são observados, a ausência de significação dada aos comportamentos, e que torna verossímil a ingenuidade da observadora. Nisso está bem a única diferença, fundamental, aliás, entre o olhar do leitor sobre a coisa descrita, sua situação em cena e no texto, por intermédio do herói, no próprio romance erótico. Estes episódios de voyeurismo furtivo que abrem tradicionalmente a narração constituem uma apresentação, espécie de injunção endereçada ao leitor. Nos episódios que se seguirão, a estratégia relacionada com o olhar se modifica. Passa-se de um voyeurismo por abertura forçada, que continua a ser o do leitor, condenado a ficar exterior à louca sarabanda amorosa desses corpos de papel, a um olhar deliberado que tem como objeto os corpos oferecidos. Não há mais necessidade de se esconder. Bem ao contrário. O olhar se faz agora bem presente; ele é descrito para ser percebido e notado; interpretado como uma demanda e uma oferta. A descrição do corpo do outro reveste-se da frieza do conhecedor ou mesmo da precisão clínica do comércio ilícito. Então, intervém um vocabulário técnico ou cruamente grosseiro. Disso veremos uma ilustração exemplar em *A filosofia na alcova*, na ocasião da lição de coisas, com a apresentação anatômica a que se entrega Dolmancé.

Isso siginifica que, impondo uma exterioridade ao texto no processo de leitura, o dispositivo narrativo permite, no entanto, um jogo no sentido mecânico do termo. O leitor, confrontado à apropriação neutralizada por um olhar ingênuo, deve decifrar um gestual fracionado, desconstruído, para conseguir restituir-lhe seu sentido. Tudo se passa como se ele olhasse este espetáculo para adultos por cima do ombro do narrador-criança, investindo-o de sua experiência e de seu saber amoroso. Esta superioridade experimentada à custa dos personagens não é isenta de prazer. Uma tal análise vale não só para o trecho proposto de *O levantar da cortina ou a educação de Laura*, mas também para todos os episódios iniciais da narrativa erótica de educação. Diderot utilizou o procedimento em *A religiosa* quando a noviça Suzanne Simonin descreve, sem compreender o sentido, os frêmitos da superiora, pelos quais o leitor deve compreender que ela está à beira do orgasmo. Desta relação interpretativa com o texto, que implica uma forte participação do leitor, passa-se, no decorrer dos episódios, a uma posição inversa. O texto não reclama mais interpretação alguma: ele é claro e perfeitamente explícito. Nenhuma necessidade de traduzir ou deduzir. Tudo é claro. O personagem sabe. Ele não está mais na posiçao de *voyeur* escondido, atento mas ignorante, ele se tornou agora ator da relação amorosa. O único *voyeur* que resta é evidentemente o leitor confrontado à descrição crua das brincadeiras amorosas.

Já se evocou a posição ambígua e paradoxal do narrador, ator encarregado, ao mesmo tempo, de se descrever e de descrever o outro. Na lógica da narração em primeira pessoa, os divertimentos amorosos deveriam ser formulados segundo o estrito ponto de vista do herói, mas o gozo não é abolição da exterioridade a si mesmo, perda de consciência, isto é, impossibilidade de manter as distâncias que o discurso do narrador, concebido deste modo, implica? Como produzir um efeito de gozo e apresentar do exterior este momento onde o ser se confunde com o que ele experimenta, a ponto de não poder, o que é plausível, manter uma posição de exterioridade narrativa? A contradição é evidente. A narração em primeira pessoa é necessária para criar uma sorte de intimidade com o leitor e construir a narração como uma fala individualizada, à imagem desta relação bastante personalizada com o gozo do outro, percebida em uma espécie de violação culpada. Mas, ao mesmo tempo, ele representa, pela sua forma necessariamente distanciada, a negação daquilo que ele pretende relatar. A distância temporal, a história contada não podem legitimar por si mesmas esta narração do gozo frio e meticuloso. Uma tal narração oscila necessariamente entre a crueza da constatação, que o emprego puro e simples do verbo gozar traduziria, o discurso incontrolado do gozo e a descrição exterior das brincadeiras das quais o narrador seria, ao mesmo tempo, ator e testemunha.

A habilidade da narrativa vai consistir em não escolher e em fazer uso deste triplo registro. O emprego iterativo do verbo gozar e de seus sinônimos é, então, um dos meios da descrição mais imediata do gozo: passa-se do emprego genérico ao comentário e à glosa pelo viés das notações gestuais, vocais ou fisiológicas percebidas no parceiro, na maioria das vezes, pelo próprio narrador. A isso vem associar-se o discurso espontâneo, ter-se-ia vontade de escrever o discurso inarticulado do gozo, em que a linguagem passa a ser gritos, suspiros e palavras entrecortadas. Pode tratar-se do gozo do outro ou do narrador; às vezes, os dois se misturam à maneira de corpos emaranhados sem que se possa saber quem é possuído pelo gozo. Como testemunha o seguinte fragmento de *Minha conversão:*

Foder, estou tomado de furor, eu me esquento; o calcanhar estendido contra uma coluna, eu a comprimo, eu a conquisto; ei-la que se põe a caminhar... Ah! meu amigo! meu pequeninho! Ah! meu querido coração!... estou morrendo!... Ah! eu não contava mais com isso!... Faz tanto tempo... ah! ah! ah! ... eu des... des... carrego... meu querido amigo eu descarrego... O diabo me arrebata, suas convulsões me mantêm cinco minutos na ilusão; a velha safada gozava como há trinta anos; ela levou muito tempo para se recuperar; estava esgotada, no sentido mais forte do termo. E eu, todo suado...[7]

Poderíamos multiplicar as citações. Observaríamos que, nestas, sempre predomina, ao final de contas, o que não se formula do gozo do outro, pois é assim mesmo que se pode exprimir melhor a dupla posição do herói, ator – e que ator! – e, ao mesmo tempo, testemunha.

Não é raro que a narração faça do narrador o *voyeur* de si mesmo, ao preço de uma certa inverossimilhança. Assim, para melhor produzir um efeito, negando-o ao mesmo tempo (pode-se gozar e ser testemunha de seu gozo?), o narrador se põe em cena ou mantém-se suficientemente lúcido para observar, escrutar mesmo, o gozo do outro. O corpo aparece então como uma máquina de gozo cuja cabeça permeneceria totalmente independente. Prática ainda mais extraordinária, mas à qual a narração, por sua própria lógica, é obrigada, é aquela em que o narrador passa a ser o *voyeur* das brincadeiras do casal nas quais ele toma uma parte ativa. Freqüentemente, a narrativa utiliza o artifício de uma relação amorosa triangular ou entre dois casais para legitimar a dupla posição de ator e de testemunha. No emaranhamento dos corpos que o texto descreve minuciosamente, o narrador se delimita uma posição intermediária de onde pode agir, ver e ser visto. A sobreposição em andaimes dos corpos não é somente a construção de um espaço fantasmático, ela é a possibilidade de um discurso essencial ao processo de leitura do romance pornográfico.

---

7 Mirabeau, *op. cit.*, p. 63.

O QUADRO ERÓTICO

Finalmente, deve-se tentar analisar a noção de quadro, evocada aqui muitas vezes e que constitui um dos elementos indispensáveis à produção do efeito de desejo pela leitura do romance pornográfico. Noção-chave, mas contraditória, como o mostram as posições ambíguas da narração. Há quadro, parece, essencialmente porque há encenação, isto é, inscrição dos corpos em um espaço que é saturado por eles. O quadro só existe em função desta ocupação do espaço da narração, as iluminações que ressaltam cada um dos elementos, a ampliação das atitudes, os traços realçados que exageram: um sexo, um suspiro, um desmaio, a ponto de serem os únicos que predominam no mesmo instante da narração. A representação em quadro da relação amorosa faz uso da imagem fixa, gostaríamos de dizer alucinante, e do movimento do ritual amoroso. Para conseguir isso, ela utiliza, conjuntamente, a descrição, pelas delegações do olhar já evocadas, e os jogos da fala destinados a tornar presente a corrida desenfrada dos corpos em busca de prazer. Pois a palavra serve aqui para dar uma profundidade e uma dinâmica ao espaço. Quase à maneira do discurso do cirurgião em *Jacques, o fatalista*, em que os conselhos dados aos assistentes, as posições indicadas a uns e a outros, o pedido dos instrumentos necessários à intervenção, acabam criando um espaço descritivo sem que haja, apesar disso, descrição da própria operação. As palavras acompanham a relação amorosa: palavras sábias ou loucas, demandas ditadas pelo desejo ou o aumento irreprimível do prazer. "Ah!... docemente, minha querida Toinette, não vá tão depressa! Ah! safada!... você me faz morrer de prazer, vai depressa! Eh! Depressa! Ah!... estou morrendo!" grita o monge Ambroise em *Dom Bougre* quando é surpreendido pelo jovem Saturnino. Encontraríamos passagens semelhantes na maior parte dos romances eróticos. Elas são muitas em *Teresa filósofa* ou em *O levantar da cortina*. Nestes, o sistema é o mesmo: trata-se, por meio das palavras pronunciadas no contexto de uma relação amorosa, de evocar indiretamente um gestual, de tornar presente um movimento amoroso, que não se tem mais, por esta razão, que descrever e cuja ausência descritiva traduz a perda de consciência, o efeito do próprio gozo. Não é por acaso que o verbo morrer é constantemente empregado. Pois ele representa, com os pontos de exclamação, as proposições inacabadas, a única maneira de tornar presente, visível e semanticamente, o abandono total dos heróis.

Tais passagens constituem também o meio de reintroduzir uma participação interpretativa do leitor, participação, vimos, importante nos episódios iniciais e que, uma vez tendo o herói adquirido uma experiência amorosa, parecia ter-se tornado inútil. O essencial, nesta encenação da relação amorosa, é talvez este vaivém pelo qual o leitor se substitui ao narrador e o narrador ao leitor num exercício de gestão complexo, mas eficaz.

O efeito de distância, não se dirá de distanciamento para evitar qualquer equívoco, é essencial na representação da relação amorosa. Ela permite ao leitor construir uma imagem da qual ele não participa, mas que se impõe a ele como uma obsessão. A força visual do quadro erótico deve-se essencialmente a este pôr-se à distância produzido pelas estratégias da escritura da narrativa. A fala dos parceiros cria um espaço narrativo sem abertura e sem horizonte, fechado em torno dos próprios personagens. Para acentuar o efeito de encerramento e de fechamento no trabalho da carne, ela permite eliminar momentaneamente o narrador, mesmo que este faça aqui parte ativa da relação e das brincadeiras amorosas. Pois se trata de demonstrar pela fala que não se pode ter ali outro discurso senão o do desejo ou o da plenitude do gozo. A supressão da fala descritiva do narrador não é um acidente infeliz: ela corresponde à sua própria erotização. Qualquer outra fala que não seja a que serve ao gozo ou não o exprime torna-se inútil. Só há gritos, ordens e furor.

Esse estatuto da fala é significativo o bastante para que se tente analisá-lo em detalhes. A palavra proferida pelos personagens, quer se trate do narrador ou de seus interlocutores, é sempre de uma estrita funcionalidade ou deveria sê-lo, se o romance erótico continuasse fiel a suas premissas. Mas de uma funcionalidade diversa e variável. Ela é, primeiramente, criadora de intimidade, terminando por confundir as vozes sobrepostas com a voz do narrador principal. Graças a ela, o leitor experimenta a impressão de que a narração só existe para ele. A tal ponto que é comum o romance (é o caso em *Minha conversão)* interpelar pelo nome o leitor e se construir, à maneira de *Jacques, o fatalista,* com menos perversidade e menos disfunções, como um diálogo entre um narrador e um ouvinte impaciente por saber, por vezes questionador e freqüentemente tomado como testemunha: "Até aqui, meu amigo, eu fui um patife; persegui as belezas; não me satisfazia com nada. Agora a virtude entra no meu coração; só quero foder por dinheiro; quero me exibir como garanhão jurado das mulheres que começam a envelhecer, e eu vou ensiná-las a remexer o cu, a tanto por mês"[8]. *Minha conversão* começa assim por um diálogo de que se apropria o leitor que, nos intervalos de silêncio, acaba por desempenhar o papel de interlocutor. A fala do narrador endereçada a um interlocutor fictício e, em resumo, pouco tagarela – suas intervenções na narração, numerosas no início, acabam por desaparecer quase totalmente – constitui o modo pelo qual a narrativa se inscreve na tradição das confidências viris, isto é, numa prática cultural cuja importância *Jacques, o fatalista* mostra uma vez mais.

Criadora de efeito de intimidade e de confidência, a fala do narrador, receptáculo de todas as falas narradoras, serve também para criar o espaço fechado e cego da representação fantasmática dos corpos oferecidos e possuídos. Intimidade e fechamento, pois. Trata-se de reduzir o espaço narrativo a estes corpos provocantes, desejantes e ativos. A fala consegue, então, misturada, incoerente ou imperativa, teatralizar e encenar. A supressão do narrador instala, de fato, o próprio leitor no papel de testemunha direta e distante. E isso a tal ponto, que a forma da narrativa torna-se teatral. Não há mais narração: réplicas com indicações cênicas como em *A filosofia na alcova* de Sade ou *Vênus no claustro ou a religiosa de camisola*, ou uma narrativa sob forma de conversações, que situa o leitor numa posição de exterioridade, mas leva, geralmente, o romance erótico a ceder às tentações do didatismo filosófico. Defeito a que não escapam, por exemplo, muitas passagens de *Teresa filósofa*.

A ginástica sexual de grupo tem uma importância capital no romance erótico. Ela organiza as várias figuras em uma arquitetura complexa que mistura os corpos, emaranha-os e acaba confundindo-os. A encenação em quadro é, aqui, paradoxal: cada corpo se une ao corpo vizinho e desenha uma figura fechada, nunca descrita como um conjunto, sempre apreendida a partir do centro que constitui o corpo do próprio narrador e através de cada um dos corpos individualizados, fragmentados, dissociados. O corpo do narrador é o lugar de passagem obrigatória de todo prazer e acaba gozando do gozo dos outros. O grupo é, então, concebido como um único corpo em trabalho de parto do desejo e do prazer. Ou como uma máquina a transmitir movimento. Pois a descrição visa a conciliar a pose (o termo reaparece sempre nos textos de Sade) que representa a imobili-

8 Mirabeau, *op. cit.*, p. 39.

dade, a fixidez alucinada do quadro vivo, e o movimento vibrante e ofegante do gozo buscado e alcançado. Pode-se comparar esta dualidade paradoxal da representação em quadro na narrativa erótica com a função atribuída ao quadro no drama burguês definido por Diderot nos *Diálogos sobre o filho natural*. Ele é pensado ao mesmo tempo como ponto de intervalo, relacionamento entre a teatralidade e a representação pictural, representação do movimento e da apreensão na verdade do instante. Assim, a indicação cênica fornecida por Beaumarchais em O *casamento de Figaro* (ato II, cena 5): "A condessa, sentada, segura o papel para acompanhar. Suzanne está atrás de sua poltrona e ensaia olhando a música, por cima do ombro de sua mestra. O pequemo pajem está diante dela, de olhos baixos. Este quadro é exatamente a bela estampa, inspirada de Vanloo, chamada *La conversation espagnole (A conversa espanhola)*". Não se pode propor melhor exemplo deste paradoxo da fixidez e do movimento, do desdobramento e do instantâneo.

No quadro de grupo, os corpos invadem todo o espaço, pensado então como um só corpo e um único e mesmo gozo. A comunhão é tão perfeita, que tudo é unidade: corpo e prazer. À força de afirmar sua combinatória, os corpos acabam sendo abstraídos, quase como se eles cedessem o lugar a esse leitor ausente e, no entanto, convidado a gozar. O leitor não sabe mais o que deve olhar. O quadro apresentado escapa a qualquer lógica: os papéis se modificam, os atores trocam, turno a turno, os papéis ativos e passivos. Cada corpo reduz-se a esta parte dele mesmo que vai permitir experimentar ou provocar o gozo. A parte vale pelo todo. Um gesto isolado toma em consideração a totalidade do movimento. A descrição leva a metonímia aos limites da irrealidade.

Enfim, o quadro erótico encena um gozo epidérmico. Os corpos penetram-se sem que seja dita a interioridade orgânica. E é este um dos interditos do texto pornográfico, que o texto sadiano transgride descrevendo o visceral e a intimidade orgânica. Tudo aqui, uma vez mais, reduz-se a um gestual, a um discurso não formulado do gozo. É preciso dar a ver e a escutar. O romance erótico, mesmo no caso em que ele constrói o espaço narrativo como um corpo único, espécie de máquina de gozo, continua sendo uma encenação de um mundo de formas e de aparências. Seríamos tentados a dizer que ele representa paradoxalmente um teatro de sombras.

A ILUSTRAÇÃO ERÓTICA

Sem pretender, de resto, ser exaustivo, falta fazer algumas proposições acerca da iconografia do romance erótico. E isso, primeiramente, voltando à página de título. Não é raro que ela indique: "Com figuras". Tendo sido sublinhado clara e suficientemente o caráter erótico do volume, pode-se avaliar o tipo de papel incitativo que uma tal indicação pode e deve desempenhar. Os que desprezam o romance licencioso não deixam de denunciar o efeito produzido por tais imagens. Seus admiradores são unânimes em enaltecê-las. Para estes, elas representam uma atração suplementar. O que equivale a dizer que a imagem é tomada em consideração por quem quer compreender o efeito de desejo do livro erótico.

A relação da ilustração com o texto erótico é complexa. Seja quando ilustra um episódio particular, seja quando representa uma pornografia geral sem referência precisa ao texto. A tal ponto que não é raro as ilustrações circularem de um romance a outro, sem maior inconveniente e sem recusa conhecida de seus autores. Semelhante prática demonstra o caráter reiterativo e bastante codificado do romance erótico. As situações, os episódios tornaram-se mais necessários pelo fato de pertencerem ao gênero do que pela especificidade ou o gênio próprio de tal ou tal obra. Ela prova também o quanto os personagens são pouco individualizados. Concebidos como funções, portanto intercambiáveis, eles não apresentam traços específicos que os diferenciem. A ilustração banal, quase mecânica, a ponto de ser utilizada indiscriminadamente em várias obras, traduz o anonimato já evocado dos próprios heróis. Isso equivale a dizer que não se pode julgar este conjunto particular de imagens pela sua originalidade ou pela sua qualidade gráfica, mas, como para o próprio texto licencioso, tomando-se em consideração a diferença que há entre o escrito e a imagem, por sua funcionalidade. Deste modo, a falta de originalidade, longe de ser um defeito aqui, corresponde certamente a um modo de funcionamento próprio da iconografia erótica.

Há também uma ilustração que acompanha a narrativa, como em *Minha conversão, Dom Bougre ou Teresa filósofa*. Ela serve, neste caso, para ilustrar episódios precisos. Em *Minha conversão*, a imagem é acompanhada de um breve fragmento de texto e, às vezes, além disso, de um título inspirado nos diferentes tipos de mulheres que o herói encontra. Teremos "A Devota", "A Baronesa", "Agnès"... A ilustração em *Dom Bougre*, se, por um lado, remete a episódios particulares e segue estritamente o texto, de outro, não tem nem legenda nem título. *Teresa filósofa* contém, como *A nova Heloísa*, com todo o respeito devido, ou *Senhor Nicolas* de Rétif de la Bretonne, uma tábua das explicações "das dezesseis estampas contidas nesta obra". Uma estampa, a primeira, é constituída pelo frontispício, as outras quinze remetem a cenas precisas que são resumidas assim: segunda estampa: "Teresa, com 9 anos, brinca em um celeiro com meninos e meninas de sua idade: efeito de um temperamento prematuro". Terceira estampa: "O voluptuoso padre Dirrag castiga sua penitente". Quarta estampa: "Ele sente prazer com isso: propriedades do cordão de São Francisco". Esta descrição das estampas mostra que a organização geral da ilustração do romance erótico não se diferencia em nada da do livro ilustrado mais tradicional. Mesma vontade de aderir ao texto, de seguir suas peripécias. Prova, se isso fosse necessário, de que o romance pornográfico não é aqui fundamentalmente diferente do romance tradicional.

A análise das gravuras confirma as hipóteses já antecipadas para a análise das estratégias narrativas. Note-se, primeiramente, a ausência de individualização dos personagens. Não mais do que sua descrição, o desenho não permite reconhecer o herói e nem mesmo diferenciar os parceiros entre eles. Suzon, irmã Mônica, Antonieta, são tantos outros corpos nus e oferecidos, anônimos e funcionalizados. O mesmo se dá com os corpos de homem se se faz exceção dos casos onde papéis precisos lhes são atribuídos: *voyeur* ou corpo visto. Talvez, como única exceção, os personagens monges, reconhecíveis pela sua tonsura, como se se quisesse que o anticlericarismo conservasse seus direitos por este detalhe singular e inesperado da gravura.

Estas imagens são realistas, no sentido em que os sexos são materializados. Estamos longe dos corpos mitológicos glabros e polidos. Sobretudo, são seios abundantes, pênis em ereção, púbis discretamente peludos, nádegas amplas de Vênus Calipígia. No entanto, nenhum ato sexual diretamente representado. Na maioria das vezes, os corpos sobrepostos dissimulam sua figuração. Em regra geral, aliás, a gravura erótica representa a preparação da relação amorosa e petrifica a cópula no momento que a precede. A partir destas limitações, ela organiza, do modo mais variado possível – para lá de um certo número, fica difícil representar os personagens –, a ginástica amorosa dos corpos. Neste caso também pode-se falar de realismo, lembrando que, quaisquer que sejam as posturas representadas ou a arquitetura construída, fica-se sempre no instante que precede a relação amorosa. Está aí provavelmente a equivalência gráfica do interdito orgânico e a necessidade de se apropriar dos corpos apaixonados, através de uma focalização à distância. A imagem está, aparentemente, somente defasada em relação ao texto. Bem ao contrário, é necessário ver nela uma perfeita adequação ao texto, cada qual, é claro, conservando suas particularidades e suas obrigações representativas.

Pois é verdade que a gravura obedece aos imperativos da representação em quadro. Tudo aqui chama, solicita o olhar do espectador, mas de maneira indireta. Uma disposição da imagem é efetuada para instalar o espectador fora da gravura, à distância. Não se encontra nenhum personagem representado que esteja em posição de olhar fora do espaço da própria gravura. O olhar dos personagens concentra-se nos corpos gravados de seus parceiros. A troca é interna, e nada consegue quebrar esta autarquia visual para orientá-la na direção do mundo exterior. Como se a gravura quisesse indicar que ela está voltada sobre si mesma, que ela ignora completamente aquele que a escruta. O que equivale a dizer que, pela sua organização, pelo fato de pôr em relação os personagens que a animam, a gravura pretende tornar sensível a violação praticada por aquele que a contempla. Temos, pois, um quadro de nus oferecidos, mas sem que sequer um detalhe revele uma cumplicidade reconhecida. Teremos assim reconhecido esta solicitação particular característica do próprio texto erótico.

E, no entanto, olhando-as de perto, as gravuras apresentam todo um dispositivo de valorização dos corpos oferecidos para um olhar escondido. Deste modo, contrariando toda lógica, elas privilegiam a posição de frente ou três-quartos nos prelúdios do prazer. Os personagens se dão a ver ao outro da gravura, mas, principalmente, a este espectador ausente e mudo que folheia o livro. Essas nádegas, esses seios e sexos muito visíveis não obedecem, como se poderia crer, a uma lógica de erotização interna à gravura, mas a esta vigilância muda do espectador. É para este olhar esperado que se organiza a distribuição da luz no espaço da gravura. Fica-se impressionado pela presença insistente de janelas através das quais a luz entra aos borbotões na ilustração de *Minha conversão*. Ela não corresponde à lógica da narrativa que evoca geralmente os lugares fechados, amputados de toda comunicação com o mundo exterior. Sua única razão de ser é a iluminação que propicia aos corpos. A carne se enche de luz e passa a ser um ponto de resplandecente brancura em um espaço cinzento e escuro. Embora, na maioria das vezes, a janela predomine nas gravuras, ela pode vir a ser substituída por um efeito de luz não legitimado pela grafia, quase como se o feixe luminoso proviesse do olhar do próprio leitor, como uma iluminação que vem perturbar repentinamente e violentamente uma intimidade.

Essa presença do olhar, realidade palpável, mas quase incerta do *voyeur* no dispositivo cênico da ilustraçao erótica, é indicada simbolicamente na gravura por uma testemunha alheia à cena. Aqui se faz necessário fazer a soma dos bustos de olhar vivo, dos tremós decorados de cenas galantes, dos rostos de criadas transtornadas e atentas, por muito menos elas o seriam, surgindo na fresta de uma porta ou lucarna. Os amantes nunca estão sós no mundo. Um olhar delegado preside sempre suas brincadeiras amorosas. Pode até acontecer que, por uma espetacular torsão dos corpos apaixonados, o gravador consiga fazer do corpo possuído pelo desejo a testemunha de sua própria relação amorosa. É dizer igualmente aqui que a gravura segue o texto ao pé da letra. Na quarta estampa de *Teresa filósofa*, um efeito inesperado de ampliação, uma focalização excessiva faz com que o espaço seja quase inteiramente ocupado pelo sexo do padre Dirrag. Tem-se aí visualmente reproduzido um equivalente deste desmembramento e deste parcelamento evocados na análise das estratégias narrativas. A constatação da incompletude da ilustração comparada com o texto licencioso que ela acompanha, e muito especialmente esta saturação imperfeita do espaço visual pelo corpo, não pode chegar a modificar a unidade profunda do romance pornográfico que faz com que o escrito sirva à imagem como a imagem sirva ao escrito.

SONHAR PARA CONCLUIR

No decorrer destas páginas, tentamos compreender como se produzia o efeito de leitura do romance que hoje chamamos pornográfico. Uma vez mais, nem para denegri-lo e denunciar o mau gosto de seus leitores, nem para enaltecê-lo e fazer de sua leitura um desafio libertário. De maneira mais geral, quisemos compreender o funcionamento de toda narrativa de ficção, de que ele é apenas uma forma particular. Pois o romance erótico aparece claramente como uma ficção exemplar e bem-sucedida, já que produtora de ilusões tão verdadeiras – os efeitos sentidos provam-no – quanto a própria realidade.

Nesta descrição, poder-se-ia pressentir uma nostalgia. Não de uma idade de ouro da pornografia, que supostamente teria existido no século XVIII, mas de uma época que talvez nunca tenha existido a não ser no desejo de escrever e de narrar, e em que a literatura, tendo entrado em concorrência com o mundo, era um verdadeiro e eficaz *trompe-l'œil*. Nostalgia de uma magia inventada ou desejada de uma literatura todo-poderosa e do escritor feito Deus. Pois bem antes de Mallarmé e dos defensores de uma escrita criadora de realidade pela própria proferição – que não se leve a mal uma tal proposição –, os autores de romances pornográficos participaram desta crença imoderada nos poderes da literatura e puseram-na em prática. Foram como esses deuses dos quais se diz que nomeiam para criar. A literatura pornográfica, mesmo a contragosto, deve ser considerada como a promessa original mais orgulhosa de toda a literatura, e talvez de toda a arte: fazer com que, para aquele que a contempla ou lê, o que se pinta ou se escreve seja verdadeiro.

Um leitor atento terá percebido no decorrer destas páginas uma outra nostalgia. Desta vez, de uma idade de ouro da leitura. Não de um tempo em que o livro era triunfante e constituía o único motor, ou quase isso, da comunicação cultural, nem mesmo de uma época improvável em que o livro pornográfico teria sido a leitura dominante. A nostagia presente aqui é nostalgia, pessoal ou histórica, de uma leitura ingênua e apaixonada. Esta reconstrução largamente hipotética da leitura do livro erótico quer lembrar um tempo passado: o das leituras adolescentes que não eram, feliz ou infelizmente, pornográficas, mas praticadas sem distância, num total esquecimento do mundo exterior. Lembro-me de não escutar a voz de minha avó que tentava me tirar do meu livro. O leitor profissional que passamos a ser, atento às formas, suspeitando dos meios empregados, degustando os prazeres inteligentes da construção do livro e da análise de suas técnicas só pode, uma vez dissipada a ilusão, conservar a nostalgia de sua ingenuidade fascinada. E por que não imaginar uma pré-história da leitura em que todos os leitores teriam sido como adolescentes maravilhados? Quase como os primeiros espectadores dos filmes dos irmãos Lumière, que se precipitavam na direção da saída gritando e revirando as cadeiras e mesas quando, na tela, toda envolvida de vapor, a locomotiva entrava na estação. A leitura do romance pornográfico tal como foi analisada e reconstruída constitui um dos meios de retomar esse primitivismo dos leitores, e, além disso, de reencontrar alguns grandes ausentes da história cultural: a emoção sentida ou experimentada, como se queira, na apreensão das obras e, apesar dos esforços dos historiadores da leitura, este mundo físico, mas também interior, dos leitores, sem o qual toda história cultural é mutilada e abstrata.

As duas nostalgias evocadas estão ligadas. A fascinação do leitor remete à maestria e aos poderes do escritor e não se pode pensar uma sem a outra. Uma análise como a que acaba de ser feita quis lembrar também, por meio do caso bem particular do romance pornográfico e de suas condições de abordagem, que a relação com o livro é uma relação complexa que não se pode reduzir à leitura contínua das letras, das palavras, das linhas, dos parágrafos e dos capítulos. O livro seduz pela sua capa, seu título, sua página de título, antes de enfeitiçar pela sua leitura. Faço parte daqueles que conservam uma lembrança mais viva das capas de *Fantomas*, edição a 65 centavos da Fayard, do que das próprias aventuras de Fantomas, de Juve ou de Fandor. A leitura do livro começa, pois, muito antes da primeira linha do primeiro capítulo. A apreensão do livro pornográfico nos fornece uma nova prova.

E para terminar com estas várias nostalgias e estas evocações imperiosas, deve-se perguntar se este livro pornográfico, concebido como uma épura, pode realmente existir. Não é ele sempre vítima destas confusões que são longamente evocadas para desqualificar os textos que classificamos de modo muito apressado e muito facilmente nessas divisões? Assim o livro pornográfico seria uma espécie de projeto impossível, um horizonte jamais alcançado, uma virtualidade hesitante. Existiriam fragmentos eróticos sempre ameaçados pelas tentações de desvio: filosófico, psicológico, sentimental, orgânico. Último avatar desta prática literária, pensada aqui paradoxalmente como uma ascese ou um caminho de perfeição. Esta dificuldade do romance pornográfico de ser a pegada impressa de sua épura o aproxima de uma prática mais comum da literatura que contradiz suas regras e trai seu projeto. Quase como se, para entrar nesta vasta nebulosa, o romance pornográfico devesse deixar de ser ele mesmo. Por sua vez, "*absent de tout bouquet*" ("ausente de todo buquê").

Impressão e acabamento
Cromosete
GRÁFICA E EDITORA LTDA.
Rua Uhland, 307 - Vila Ema
Cep: 03283-000 - São Paulo - SP
Tel/Fax: 011 6104-1176